带着幸福的灵魂
去拥抱你

海男 著

南方出版传媒
花城出版社
中国·广州

图书在版编目（CIP）数据

带着幸福的灵魂去拥抱你 / 海男著. -- 广州：花城出版社，2021.12
ISBN 978-7-5360-9663-9

Ⅰ. ①带… Ⅱ. ①海… Ⅲ. ①散文集－中国－当代 Ⅳ. ①I267

中国版本图书馆CIP数据核字(2021)第270402号

出 版 人：肖延兵
责任编辑：揭莉琳
技术编辑：凌春梅
封面设计：姚　敏

书　　名	带着幸福的灵魂去拥抱你 DAIZHE XINGFU DE LINGHUN QU YONGBAO NI
出版发行	花城出版社 （广州市环市东路水荫路11号）
经　　销	全国新华书店
印　　刷	佛山市浩文彩色印刷有限公司 （广东省佛山市南海区狮山科技工业园A区）
开　　本	880毫米×1230毫米　32开
印　　张	8.5　1插页
字　　数	155,000字
版　　次	2021年12月第1版　2021年12月第1次印刷
定　　价	49.80元

如发现印装质量问题，请直接与印刷厂联系调换。
购书热线：020-37604658　37602954
花城出版社网站：http://www.fcph.com.cn

目录

自由	1
旅途	13
成长	25
独立	36
秘密	48
母亲	60
朋友	72
情书	84
身份	96
琐碎	108
小镇	120
写作	132
孤独	143
房屋	153
爱情	166
食物	177
灵魂	188
手工记	201

自由

如果给了你全部的自由,身心再无戒力控制,这并非好事,而是一件可怕的事情。当我们感觉到不自由时,才能真正体会到这是一个来自宇宙的定力。每一个词语,都由身体去感受,由时间去诠释。自由是什么呢?这个词语的周围是捆绑我们的东西。人,从三四岁开始就感觉到了来自父母的掌控,在我们学走路时,父母的手就在旁边护佑着我们……确实,我们需要护佑,正因为父母伸出来的双手,我们的身体获得了平衡力,而肢体语言的平衡则是我们的身体获得自由的第一种训练——在父母和他人的陪伴护佑之下的身体,刹那间开始了奔跑,我们以后经常会鼓励自己:要学会自由奔跑。而当我们冒出这句话时,我们已经到了不再自由的年纪。

第一次摆脱了父母和他人的护佑，突然间奔跑起来的刹那间，生命是自由的，因而，我相信这是一次纯粹的自由。之后，奔跑在停顿下来的时间里，一个小生命从停顿中感受到了脚掌心下面厚重的土地，偶一仰头，天空中飘荡那么多奇异缤纷而又美丽的云朵。在一低头和仰头之间，生命开始在形而上或形而下的两个不同的世界中遇到了捆绑，人类天生就是要接受捆绑的。在低头间，你看到了尘埃、沟渠、裸露的树根、谦卑的昆虫们游离于尘埃之上……在仰头间，你看到了云雾、松枝上的露水、无影无形的风、变幻在天空中的云朵走向……只有低头看见了地又仰头看见了天空的人才会接受生命中的绳索，之后，是漫长的捆绑，亦只有在捆绑之下的生命，才可以追索自由这个永恒的词语。

人的行为从接受了天与地之间落在你身上的那根绳索开始，就接受了限制。那根绳索是无形态的，就像风也是看不见的，然而风却带来了呼啸。一阵风来了，无论它是轻风还是狂风，你看不见风的颜色、形体，风却使你感到了凉爽。如遇到狂风，你看见风将树枝上的枯叶吹落在地后又将树吹绿了……绳索与风很相似，每个人在出生以后都有一根寄生在他们身体中的绳索，那根绳索弯曲在我们的血迹深处，隐藏在我们的双臂膝盖中，左右着我们的灵魂。

就自由而言，在我们各自所亲历的人生故事中，它就像一只火柴盒——看上去，它体积小不会占用我们更大的空间；而当你启开盒子，抽出一根火柴棒时，在你划燃它之前，早已看到了那团照亮黑暗的火光；而当你划燃之后，你将光焰转换成了另一束火光……在这火光上下，是我们无处不在的生活轨迹。二十世纪八十年代初期，我的命运经常在划燃一根火柴时，看到了光亮。那时候，我生活在滇西县城，因为读书的缘故，我总是感觉到这座被群山遮蔽的县城就像那只火柴盒一样小，于是，我总是想寻找各种理由到外面的世界走一走……但在行走之前，我告诉我自己，无论如何我都会回来的。这里有我的父母、妹妹、房间、书籍……经历了一次次出走以后，我还是重回县城……在我的青年时代，命中注定了我要生活在县城里。我是一个宿命论者，遵循着命运的规则在小县城生活着。这期间，我也观望着很多人的命运，我想，我之所以写小说就源于我生活中的背景给予了我讲述故事的机缘。在二十六岁之前，我一直在县城写作生活，囿于此，我并非感觉到不自由，只是内心深处总是会奔涌着一种云南山冈上细小的溪流。它的源头出自岩壁间的一道裂缝，它只是一条头发丝般的细流在往山下流淌中，遇到了另外的同盟，它们在不知不觉中开始交融，之后再往下流去……一路上，它们要经历蛇穿过的野生灌木，穿过危岩巨石，穿过森林山谷，但它们自始至终都在流动中……直到它们汇入了更大的河流。我的命运也同样，因为写作，总有更多类似语词般的远方在召唤着我。

那是奔向自由的召唤吗？终于有那么一天，我开始收拾行装，这一次不是出走中的短暂旅行，而是永远离开。将书籍一本本装进箱子时，也同时把我的相册装进去，还有写在笔记本上的诗歌，这一切迹象都似乎意味着我获得了自由——去追寻自己的理想。自由不再是一个词语，而是一种行为，而为自由所付出的代价就是我们每个人所编写的故事。从身体第一次开始奔跑的刹那间开始，我们就开始探索自己身体与自由的奥秘了。

那是一座位于横断山脉中的小县城。有一天，突然来了一对年轻的男女，听说他们是从上海来的裁缝。他们的奇异服装给二十世纪八十年代的小县城带来了一股小小的服装潮流，之后，他们就在小巷深处的老房子里租住了一座小小的庭院。有人告诉我他们是为爱情私奔而来的。总之，那一段时间，他们的出现给县城带来了摩登的裁缝铺。他们很快就在此融入了自己的生存环境，在庭院外挂上了上海裁缝铺的牌子，还买来了种有芍药、牡丹、月季的盆景装饰庭院，并将缝制好的衣服样品挂在了铺子里。这一切迹象表明他们正在为自己所追索的自由而付出代价。这代价就是将生活从上海沿袭到了一座小县城。先是乘火车到昆明，再乘两天的长途客车来到了滇西县城。我想，私奔对他们来说就是走得越远越好，这使他们选择了远离上海的偏僻小县城。在接下来的日子里，他们要用其私奔的代价延续着生活的诸多细节。我经常看见那个皮肤白皙的上海女子穿着细长的高跟鞋，到县城的菜街子买菜并穿过高低不平的街巷。再过了些日子，我还看见这个女子挺立起了怀孕的腹部……每次我到上海裁缝铺时，总能感觉到那个上海男子始终在缝衣服，那个女子始终守候在他身边。私奔无疑使他们获得了空间和自由。在接下来的日子，院子里有了一只摇篮，女子坐在摇篮边，她偶尔会将孩子抱起来……这一切都已经说明他们之所以私奔就是为了这个现实的场景。

而我以及生活在县城的许多青年却孕育着离开县城的念头。终于，我似乎已经在茫茫迷雾中寻找到了时机，那就是为了写作而离开。我仍记得那是一个秋天的早晨，我搭上了木祥的车。木祥当时是县农业局的农科员，跟母亲在同一单位。在离开之前首先是跟母亲商议到北京去的问题。我母亲是农艺师，她对我一生的影响非常大，乃至于只要回忆成长或时间的话题总是会谈到我的母亲。因为她仍健在。九十岁了仍头脑清晰，时间的一根根细小的脉迹就像她养过的蚕吐丝时的场景。关于父亲的回忆，更多的是他严谨的生活习惯，以及五十九岁时给我们所带来的死亡。母亲读书不多，一生都在田野大地上行走，但对我的写作和一次次的出走，总是心平气和地默认，也许在她认为，脚就是用来行走的。在她的默认中我感受到了她淡淡的忧伤，这给予我独立自由的勇气。首先，是她把我送上了车，并默默地目送我远去。感谢木祥的微型车，木祥曾在西藏当兵开车多年，从永胜到昆明，好像是穿越了大半个滇西。多年以后，木祥开始写小说，短篇小说《怒江故事》曾获《大家》文学奖。感谢木祥的车将我的行李载到了昆明火车站，当天傍晚，我便乘上了从昆明通往北京的绿皮火车厢……

自由是什么？空泛的自由是不可靠的，在通向自由的路上，你应该做好准备去迎接生活赋予你的历练。每个人所需要的自由都是通往你命运的演奏曲。年轻时会遇到诸多纷乱的诱惑，如能在纷乱和诱惑中，寻找到令你怦然心动的一件事，并将此事做下去，你为此就寻找到了通往自由的故事。

我们始终在讲他人和自己的故事。自由造就了每个人从自己的渊源中获得了生的启示，生不仅是饥饿和用食物解决饥饿的问题；生，除了温饱之外，更多的是解决你生命中的灵魂问题。所以,大地之上有学校、圣殿,人类的先知们在宇宙中最早创造了语言,同时人类因饥饿和精神的冲突,而产生了人心的欲望,在黑暗和光明之间的时间中,每一张脸都曾经浮现在历史的帷幕闪开的舞台上,又在帷幕合上时消失。

　　自由,是轻盈的,在芸芸众生者面前,所有天空中飞行的鸟儿们因为有翅膀都是自由的。在昆明,每到冬天时,都会迎来从西伯利亚飞来的红嘴鸥。数之不清的鸥鸟在出发之前一定有仪典,鸥鸟们站在西伯利亚的冰雪和荒原之中目望着天宇。世界很大很大,但总有鸟群穿越天空拍击翅膀的声音,它们来了。你会在翅膀下感受到鸟群的自由吗?你会在雪白的、黑色的羽翼间感受到它们奋力搏击天空幻变中的勇气吗?要想拥有自由,就必须飞翔,倘若没有飞翔,鸥鸟们就不可能来到温暖的昆明过冬。尽管如此,在一路上,仍然有许多鸥鸟在飞行中死于饥饿和伤疫,未能抵达西南方。昆明人在冬天迎接着鸥鸟,为它们早就生产了营养的鸥鸟面包……然而,当春暖花开时,鸥鸟们又要离开了,当空中响起了迁徙的召唤时,有心的人们会看到某一天的黎明,鸥鸟们离开了栖居的城池,开始往天空中飞去,再往西北方向飞去……自由,永远须付出代价。表面上,鸥鸟的翅膀是轻盈的,但你能感知到一双双翅膀奋力搏击天空的力量是从哪里来的吗?

二十一世纪对每个人来说都是一个异常焦虑的时代，因此，谈论自由这个话题，就像谈论人为什么没有长出翅膀这个话题一样，是荒谬而又充满玄幻的。我们为什么没有自由？因为我们需要食物，万灵都有嘴张开的时刻，嘴是用来寻找食物的，来自自然界的食物可以滋养一个生命。从生命的饥饿状态可以看见人在为食物而劳作的状态，每一种食物都须通过肢体的劳动才能被我们所咀嚼品尝。为了解决饥饿，飞禽猛兽们在穿越时空，人在大地上劳动，而最终的境界是在咀嚼品尝时感受到自由的降临。我们为什么没有自由？因为我们身体中滋生着欲望。身体，这是一个蕴含枝蔓的区域，每一根枝蔓都潜伏着一种本能，它们想触抚到黑暗中闪烁的灯光下的絮语，而在烈日阳光下它们又想抵达阴凉的丛林。本能和欲望融为一体，使身体产生了磁力，但只有在获得明亮的磁力后，你的肉身才会在欲望中获得圣者的启示。我们为什么没有自由？因为有生与死与我们相伴，有生必有死，有死必有生，这是自然界永恒的定力。

　　写一本书时的困惑就像生活中的现场，仿佛你正在亲手洗着一堆堆杂乱而充满了污垢的衣物，而且要将这些衣物巧妙地分类，否则它们就会相互污染……当洗干净的衣物晒在露台上时,无疑是你的内心获得自由的时刻。尤其是当晒衣绳上的衣物被阳光晒干时,作为人类,我们会在这堆干净芬芳的衣物中获得一种小小的快乐。

自由,理所应当是一个我们想进入其中并获得的一种生活方式。这种期待,我们从未放弃过。在缅北的野人山中,我去寻访中国远征军大撤离时的踪迹。当灼热在空气中像火炬般穿梭时空时,走到野人山的树林里,突然感觉到身体变凉了。就是在七十多年以前的这片原始森林中,第二次世界大战中的中国远征军的几万人不得不从野人山撤离。只有走出野人山,你才能获得生命的自由。要走出野人山,需要战胜饥饿,因为他们才带了一个星期的粮食,而远征军却因为迷路在野人山走了四个多月。要战胜饥饿,就要学会采撷野人山的野菜,品尝森林中的山泉水。此外,还要有脱离疫情并从疫情中走出来的能力,还要有与多种野兽们共栖森林的勇气……当你来到野人山追索自由这个词语时,你会看到几万中国远征军死于野人山的情景……转眼死去的战士,就只剩下了尸骨……只有当你进入野人山时,才会感觉到自由这个词语,有多么遥远。

而当你真正获得足够多的自由时,你的内心依旧是迷惘的,这就是生命。神赋予我们肉身时,同时也给予我们绳索捆绑自我的困境。每一个物体都有升或降的特质,朝天空上升时,我们的肉身获得了自由,而在下降中我们又获得了捆绑的肉身。

走出野人山后的那批士兵所获得的自由,是活着的喜悦,但我们知道,欢喜通常都是很短暂的,迷惘痛楚探索茫茫黑夜的时间正在等待着所有人。为了另一种自由,走出野人山的士兵们,有的回到了老家,有的参与了新的战争,有的继续用其生命在漂泊。你无法说哪一个抵达之处更好,也无法说清楚自由对他们来说意味着什么。

写作时的自由从来就不存在……反之,只要你面对自我,就同时也在面对语言。在两者之间,你总是在地狱与天堂之间秘密地存在又消失,直到一本书到了结束的时刻,你合上了笔记本,敞开窗,打开门,你下了楼,走到人群中去,这时候的你自己,也许才获得了短暂的自由……

自由是人心追索的终极目标,要怎样才能进入自由的境界呢?其实,我们拥有了四肢以后就倾听到了自己的心理暗示,我们可以在世间的道路中寻找到自己喜欢的那条道路。此刻,我坐在房间里倾听着暴雨即将来临之前的雷鸣声,如果站在云南的某座山冈上,你可以看见云彼此推动着,改变着天际的云图,在暴雨来临之前的雷鸣中会突如其来一道闪电……我曾看见灰蓝色的山冈上被一道道闪电交织成一体,大雨倾盆之下,一个农人钻进了他的瓜棚,一座山坡上的果园深处仿佛有众多的幽灵窃窃私语。

　　我们需要自由,但通往自由的每一条路上,都有等待我们的劫难和事先难以想象的困境,与自由相赴约,就像从海洋到了陆地,我们在寻找着波浪荡尽之后的栖身居所。

自由是多么美好啊 分秒间
墙壁蜕变为波浪 穿过千山万岭
犹如翻拂一本辞典 无数锋芒
闪烁着金色的光芒
　　　　　　2019年 渔男

旅途

旅途是梦游的一种形式，它就像酒一样需要酿制。

旅途不是从天而降的，而是之前被我们一次次在梦里呼唤的场景。一九八六年是我被一个关于长旅的梦纠缠的时刻，那一年，世界是安静的，我像往常一样去县文化馆上班，带着笔记本坐在办公室写诗歌，那时候我已经写下了大量的诗歌。有一天，我突然滋生了一个梦，其实，这个梦在一九八五年冬季就诞生了，一个关于走黄河的梦。这个梦跟我们当时的时代背景相关。二十世纪八十年代是我经历的时间记忆中最为特殊的十年，在我所居住的小县城经常会迎来骑自行车环游全国的探险者。那时，艺术家、诗人、作家都喜欢在祖国的版图上游走。这十年是滋养理想主义者的摇篮。正是在这背景中诞生了我走黄河的梦。其实,在我身体之下就能感受到金沙江的浪沙。我对大江大河的了解,首先就是从金沙江开始的。我曾走在金沙江灼热的大峡谷中,看见了在峡谷中的牧羊人和他的几十只黑色山羊……我的童年给予了我岩石的青灰色、蝴蝶的翅膀、寂寥的荒野……尽管如此,我仍在追踪着时代的脉迹。八十年代的漫游似乎不需要带更多的金钱,而且那时候我们包里也没有钱夹子,在一个经济并不繁荣的时代里,确实会缔造人的梦游状态。现在,有一种鸡汤式的说法,说幸福跟钱没有多少关系。是的,那时候,全中国版图上都游走着众多的魂灵,这一切跟钱都没有关系。

一个梦经酿制以后就蜕变成了旅途,并且延伸到了黄河源头。在青海遇见了昌耀、班果、肖黛等众多的诗人后,我们便在诸多诗人的帮助下从果洛藏族自治州搭上了一辆淘金人的大篷车……

我很少细致地描写这些境遇,因为我青春经历的故事想留待七十岁以后再去复述,当我进入七十岁以后,我要为自己写一本传记。一九八六年四月的黄河源头,听说有二十多万淘金人生活在冰雪茫茫的荒原上。我和妹妹坐在淘金人的大卡车上,这是一辆完全裸露的大货车,我们蜷缩一角,寒风仿佛像海潮被飓风呼啸后推向了岸边,我们的面颊被寒风吹拂着,仿佛被细小的针尖扎痛着。坐在大篷车上的都是三十到四十多岁的男子,他们仿佛是从另一个星球来的人,每个人头上都戴着棉帽,身穿长袄,无论是棉袄和长袄都已被时间之尘所覆盖,这算不了什么。我听说过在大西北许多干旱的村庄,人除了生下来那次,到死去就再也没有洗过一次澡。人的皮肉看来就是藏污纳垢的器皿罢了。

坐在大篷车上的所有男子目光漠然,在他们的眼神中似乎也看不见时间在流动。偶尔会听见人在咳嗽,我也是咳嗽者之一,因为寒流入侵了身体而咳嗽,而且咳嗽让我的嗓子接近了沙哑。在五千米海拔之上的咳嗽很恐怖,之前,我就听说每天都有淘金人在死亡,因为咳嗽流感而死亡……大篷车在荒野深处的一条土路上缓慢地行走着,偶尔会看见荒野中死去的一只动物的尸骸……

这辆大篷车最终将我们带到了黄河源头……我们下了车,转瞬间,从大篷车下来的那些用皮袄裹住身体的男子就从荒野上消失了,在我们尚未回过神来的时候,他们就像人间蒸发般从我们的眼皮底下消失了。也许,他们回到另一个星球去了。幸运的是尽管嗓音沙哑,我还是经受住了寒流海拔的考验,活下来了。而当我和海慧奔向黄河源头的那一刹那间,之前所经历的痛苦磨炼都在奔向源头的圣境而获得了洗礼和感动。

旅途是冥想中，突如其来的一场偶遇。我们需要旅途，因为旅途就意味着离开卧室，这是我们睡觉的地方，每夜的睡眠会休整我们疲惫的肉身。我们需要旅途，旅途就意味着会离开书房。每个家庭都会有或大或小的书房，四壁里的书架中安居着每一本书的灵魂，正是这些来自书中的灵魂引领着我们穿越生命的迷雾。我们需要旅途，旅途就意味着会离开了厨房……美食也是旅途中的诱引，它是人间的烟火，是我们每天饥饿时必须抵达的一场场烟火。

　　在云南的大地上就可以寻找到离开卧室之后的一个地方，旅途首先面对的是距离，没有距离的旅途是不可能的。从离开卧房开始，我们就在寻找一个与卧室不一样的地方。对此，我非常喜欢客栈和旅馆这两个词，因为在这两个词中我们会找到一个比家里的卧室稍大一些的居住地。旅途之所以召唤着人心，是因为它的陌生区域是不可想象的。越是陌生的、无法猜测的天气、海拔、道路、风情、远方，越能诱惑我们走出卧室的身心。在我们走出卧室以后，只想找到诸如客栈、旅馆这样的地方安居。有时候我们一旦离家出走，其实并不想滋生更大的旅行计划，因而，我们只想在乡村和小镇的客栈或旅馆中住上几夜。

一离开书房的旅途是在寻找着我们漂泊不安的灵魂。书房对于个人生活来说，有两个功能，它能安定疲惫的心灵，同时也能产生一颗颗荡漾起伏的灵魂。书房是黑暗中的宫殿，我们在里面生活了一段时间后，就想放下书籍，到外面的世界中去聆听鸟语和泉水的旋律。离开书本以后的生活，会使你在自然界中寻找到书中的一道道隐喻：那些从栅栏中奔出的羊群就是隐喻中的自由之歌；那些空气中绽放的野花的香气给我们带来了隐喻中的绚烂……

之后，等待我们的还有离开厨房之后我们遇到的烟火……

二十一世纪的旅途可以直接延续到乡村……从古至今，大凡隐者的旅行都会偏离开地图上那些著名的旅游景区。不过，偏离者均是拥有人文主义的情怀者。他们偏离着喧嚣，那是芸芸众生用其俗区构建的一个乐园，他们在此停顿，挥霍大量多余的时间，他们需要在这个乐园中消耗金钱、时间、对生命的认知；而通向偏离于常规旅行线路的地方是寂寥，当这个世界喧嚣声太多时，总有一些人要在这个星球上寻访寂寥的疆域。在云南有众多偏离于主流旅行路线的地方，现在已经被为数不多但每日递增的人文主义理想者所赴约。

多年以前，当我生活在滇西县城时，我的旅行总是先抵达省城再进入火车站，对于二十世纪八十年代的我来说，火车站是诱人的，蜂拥中的陌生人拎着行李箱子的背影是诱人的，火车站送行者们挥着手与你告别时渐行渐远的场景也是诱人的。之后，火车滚动起来，逾越出城区再进入群山再进入外省……我坐在窗前，甚至产生了一个关于职业的愿望，如果我是一个火车上的服务员，那么就能每天坐火车，去得很远很远……那时候，远是一个供我无限遐思的地方，远，没有终点站。所谓远，就是满足我感官中无法抵达的虚无主义者的他乡。在我经历了无数次乘火车到外省的旅行写作之后，最终我还是乘火车回到了云南，再之后是飞机的旅行，它将我带到了异域的旅行线路……世界很大，并且每天向你致意。因为生命是有温度的，一具充满热量温度的身体，总是要与世界产生多种关系，其中，旅行，朝着未知的世界旅行，是每一个身体中有温度的人所向往的梦想。

在新平哀牢山的一座客栈里，我曾跟朋友们在那里住过多次。每天早晨我们六点钟起床，穿过一大片湿漉漉的庄稼地，再沿着一片山坡而上。我们伫立在山坡之上是为了迎接日出的降临。日出，成为我们每天早晨恭候的神，我们屏住呼吸端着相机、手机……日出前的那种神圣，在我们的等待中熔炼着分分秒秒，直到在我们眺望中的远方渐渐出现了金黄色的光泽，太阳上升着，随同四周的光束变幻出了圆圆的光球……有一只狗每天都会在我们到达时也站在山坡上迎接着旭日的上升……这是一个奇怪的现象，每天都是如此。那条金黄色的狗，身体康健，皮毛闪烁着油亮的光泽……住在哀牢山的那座客栈里，我们每天都对着日出朝圣，再就是每天对着从峡谷中流出来的溪流朝圣。那是石门峡中的水，我们沿着石坎朝上走，但似乎走了很远也无法寻找到水的源头……石门峡谷中的水可以直接饮用，它应该是三千年以前的水，是远古祖先们畅饮过的水。

金平蝴蝶谷，首先是由蝴蝶所建造的一座王国。许多年以前，就有人告诉我说，你那么喜欢蝴蝶，为什么不去金平看蝴蝶呢？我每年都要在云南的县镇中行走，蝴蝶谷曾是传说中的。当我们抵达蝴蝶谷时已近黄昏，但我们还是在树林中发现了一片褐黄色的蝴蝶。看上去，它们很安静，潜伏在竹林的枝叶上。蝴蝶是伪装高手，它们的形体在潜藏起来以后，看似一片树叶。当晚我们住在蝴蝶谷的客栈中，在一座面朝哈尼族梯田的农家乐用晚餐。从梯田中传来的蛙鸣声是唯一的音乐，这是旅途中最令人身心喜悦的地方。你坐在竹凳子上，同金平的朋友们喝着米酒，这种用米酿制的酒有一股淡淡的甜味。在云南的许多地方都有酿制米酒的传统技能，但由于每一个地方的水质天气的差异，酿制的米酒味道也不一样。

十年以前，我曾在滇西临沧的耿马县的黄昏中与当地朋友第一次喝米酒，耿马的米酒有一种蜜糖的味道，你会在不经意之中就举起杯畅饮，那天晚上我醉了。米酒的功能在后面，它诱引你贪杯，因为它的味道香甜。从那以后，我就铭记了米酒的魔力。当我坐在金平蝴蝶谷的梯田边再次邂逅米酒时，我品尝到了蝴蝶的味道，蝴蝶有味道吗？总之，当我举杯时，我看见了夜空中飞翔着蝴蝶的翅翼，它们的翅翼还会彼此相撞，发出那种令我们虚幻的音韵。因为蝴蝶，我忘记了时间中的锈迹味，时间会让许多充满生命力的东西失去活力，包括建筑中支撑一切的屋梁四壁、身体中的血液骨骼……那天晚上，我喝了几十杯蝴蝶谷的米酒之后回到了客栈，竟然睡了一个几年来未曾睡过的好觉。

旅途，有时候只是为了寻找到一场好的睡眠。现代生活有两种不轻不重的疾病正在折磨着人们，它们就是抑郁症和失眠症。两种疾病看似并不重要，却像我们生活中充满杂质的空气和水一样每天被我们呼吸和饮用着。我非常羡慕那些居住在离现代生活很遥远的乡村中的人们，他们的生活与这两种疾病无关。抑郁症和失眠症患者大多数人都生活在大中型城市，因为只有城市的快节奏，累积着人们的心头之患，从而加剧了生命的焦虑。我并不是一个完全的抑郁症和失眠症患者，在两者之间我仿佛在逃离又仿佛在进入，这使我有更多机会感受到周围人的苦楚。身患两种疾病受折磨的人们，都在寻找治愈的方式。

其中，人们会选择旅行。旅行，是为自己设置的另一个他乡、另一种生活。为什么当人在旅途中时，会遗忘并摆脱那些困扰我们的现实呢？为什么当一个抑郁症患者面对河流、山川的美景时，他们脸上僵硬的线条会开始松弛？为什么一个失眠症患者住在乡村森林的客栈中会有一个好的睡眠呢？现代旅行，确实可以疗伤，也可以治愈疾病。

旅途，这个词是敞开的，有时候，一个词就可以改变我们的现状。我曾在一条条古道上停留，那是真正用脚走出来的旅途。云南的山川中隐藏着许多已经被荒草覆盖的古道。那年春天，我的脚在移动中已经来到了两千多年以前的博南古道，青石板上已经长出了绿色的青草，这条古道曾经是两千多年以前通往异域的大通道。著名的地理学家徐霞客曾亲自走过这条古道，并为此抵达了澜沧江。走到这条古道上，你会听到许多传说中的名字，如杨升庵的流亡、永历帝被追杀都与这条古道有联系。走在这条古道上，你的心是漂泊的，它跟我们的身心在城市漂泊不一样。当你作为人在大城市漂泊时，你看到的是人海茫茫中的虚空，而当你在博南古道上漂泊时，你遗忘了时间,也忘记了自己的身份,你已经在不知不觉中陷入了另一种文化的追向,不再考问自己是从哪里来、将到哪里去的问题。旅途仿佛是宇宙星际中层层叠加的阶梯,我读诗人但丁的《神曲》时,经常会陷入从黑暗的深渊中往台阶上行走的感觉……这样的旅途,会带来精神的漫游,当我走在博南古道中央时,我隐隐会感觉到前世或今世并没有多长的距离,在我与前世之间只相隔着一种冰冷或温暖的气息……

我们是在朝前行走时看见了一道道像台阶升起在眼前的旅途。只有往台阶上行走时,你才会看见偶遇这个词。很久以前,我站在梅里雪山下祈祷着,我听不清楚自己在祈祷着什么,只是感觉到眼眶中的热泪越来越变得凛冽。之后,我就感觉到了人的渺茫……再之后,我觉得在这个世界上再没有敌人也没有战乱,有的只是一条从澜沧江岸延伸出来的羊肠小道……我走上了这条羊肠小道后才发现了在我前面还有另外几个人也在行走……他们走在我前面,我只能看见他们的背影……旅途,更多时候我是在行走中,看见了走在同一条道路上的人们的背影之后,同时也看见了我们自己的影子垂在大地上。旅途,让我们学会了谦卑,影子垂在大地之上,我们去寻访更多与生命相遇的人或事,我们学会了隐忍、宽容,并因此学会了救赎。

其实，人之一生，就是漫长旅途中的无数次相遇、告别和挥手的故事。那一年，我感受到了春光的召唤，我来到了山冈上看桃李绽放，之后再往下走就看到了一座村庄。一生中我总是与村庄相遇……我离不开那些屋檐下飞出的燕语，也许正是它们的存在，让我们吁了一口气，从紧张焦虑中抽身而出，让我学会了另一种存在，像一群雀鸟般栖居于小小的屋檐，飞翔于辽阔的天空。

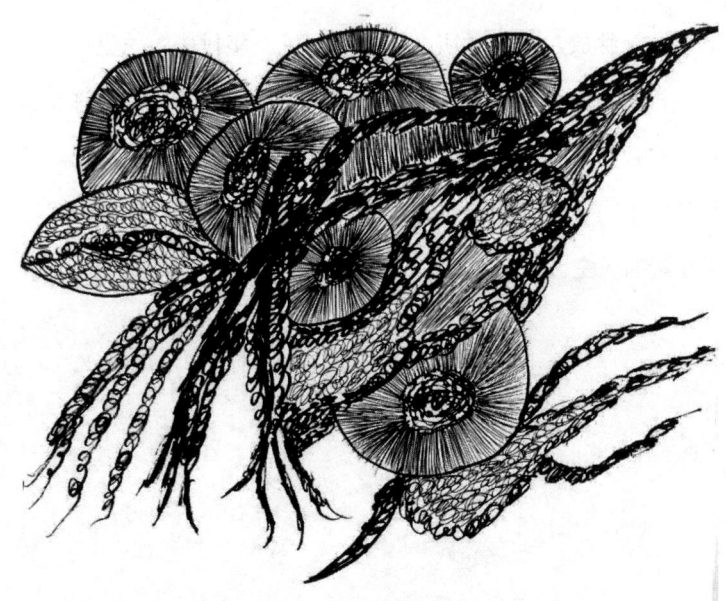

旅行，是生命中最美好的远方
你忱过鹤乘着歌声的翅膀
在云端飞翔吗 你忱过
灵魂驾着生而为人的魔杖
在人间寻找真谛吗

2019年·渔男

成长

成长，是一个词语吗？写下这个词语时，感觉到树在成长，树在我们窗外的公园和更远的山坡溪流之岸成长。成长是一个渗透进肉身骨骼中间的词语，每一个时代都有关于成长的故事，人的一生离不开成长。那么，人的成长到底是从什么时候开始的？我想，自从我们被剪断脐带那天开始，肉身就有了脱离母胎的时间。从时空中伸到一个婴儿肚脐前的那把剪刀，仿佛是来自时间的一道咒语。是的，我们曾经作为一个婴儿，用四肢向空中微弱地伸展出去，从空中伸往肚脐的那把剪刀，或许是由接生婆、医生、外婆……从空中伸往我们腹部的，或许是树篱间摇曳而下的一阵挟持着露珠的微风细雨。它更像人生第一道符咒，作为婴儿的我们听见了剪刀合拢以后咔嚓的声音；作为婴儿我们无形间已感觉到链接母体的那根绳索被割断了，有人走过来抱起了我们的肉身；作为婴儿的我们开始大声泣哭，这是接受人生第一道符咒之后的小小的仪典。

只有当剪刀割离了我们肉身的脐带之后，身体才是独立的。我们在各种各样的摇篮中成长着。幼儿需要摇篮，犹如雏鸟需要温暖的鸟巢。摇篮是一个催眠式的词语，即使我们不再年少，谈到摇篮时，我们仍可以感受到在生活的不同地域时间中，人所建构幼时摇篮的梦想。幼儿时的摇篮可以是母亲伸手过来的怀抱，它是温热的。世间几乎每一个母亲都曾经怀抱自己的幼儿，为他们轻柔地唱过摇篮曲，以此让孩子入眠。摇篮也可以是一张木制的朝前晃动的床铺，孩子躺在里面，朝前晃动的节律使幼儿在宇宙间的一个微不足道的空间，感知到了黑暗与白昼的彼此交替……

当幼儿直立起身体终于摆脱了他人的搀扶朝前迈出第一步时，这是成长体系中最为重要的一步，因而，父母们总会牢记并在岁月中回忆孩子迈出第一步的时间和地点。孩子迈出第一步确实是需要祝贺和令人惊喜的……我的母亲已快进入九十岁，她不再记得我迈出第一步的时间了……但她总是在年复一年不经意中数落着我们成长史上的逸闻，因而，我们总是会回到过去。比如，就我而言，在母亲的数落中，我回到了第一次从火柴盒中取出火柴棍的时间。那一年我已经七岁了，却怎么也不敢划燃一根火柴。当时我们住在一座小镇,那个时代没有煤气,做饭时需要点燃柴火,先是将劈开的柴火架在炉子里,然后再点燃一根松明枝。按理说,松明枝可以在一根火柴下快速燃烧,尽管如此,每次划燃火柴时,我都将一根火柴的光亮伸往了一盏煤油灯。因为对我而言,那盏煤油灯是可靠的,值得信赖的,在缺电的黑暗中,我们经常坐在煤油灯盏下做作业。点燃了煤油灯,再将一根松明枝伸往煤油灯,再将开始燃烧的松明枝插入炉子里,眼看着炉子里架起的干柴火开始燃烧了,再开始支上锅做饭,这是我成长期的一个故事。它在特定的环境中产生,足可以看见一个七岁女孩子对于火的畏惧。成长中充满畏惧非常有趣,它可以带来摇摇摆摆的嬉戏。

火炉上的柴火燃烧着,我们嗅到了米饭在锅里被焖熟的味道,饥饿的味蕾慢慢地得到了抚慰。

成长不仅仅是幼儿们脚下的路,那条通往学校的路,这条路可以有千万种不同的路况。那时候我们住在小镇,背着书包上学的路上,总是会看到两种现实境况。出了家门,就是一条小溪流。我曾数次在回忆的文字中回到这条溪流中去,这是晶莹剔透的流水,里面漂浮着许多像丝绸样柔软的青苔,数不清的小鱼虾就在水流中潜入青苔卵石下,以它们的方式生活着。我沿着小溪流往前走,除父母之外,我们需要许多身前身后的现实世界置入我们的成长,而这条小溪流应该是神赐予我们的现实世界，它制造了来自水的音律，使我们知道了水的干净、水的流速。之后，我们的脚再向前行走，在那一个个宁静的早晨，太阳还未升起，小镇的铜店铺里已经可以看见燃烧的炉火了。我们看见了铜店铺里的人们永远站在火炉边打制铜器，他们的面孔是黝亮的，仿佛是太阳下的雕像……通往学校的路很快就抵达，钟声下我们跑进了教室的门槛，这是我们成长中的第一道门槛。学校，意味着我们找到了书包，每个孩子都会在特定的时间里，有一个属于自己的书包，里面有课本、文具……它让孩子们步入了一个社会体系的常规训练，孩子们到了法定年龄是必须上学的，因而就出现了步入学校的路。

接受知识的过程需要数十年时间，从小学的门槛开始，孩子们必须融入学校的体系……之后，再寻找到各种各样的门槛。成长是伸往时间的触觉，除了学校之外，我们在哪里成长？我又回到了儿时的那座小镇，幸运的是我们的住宅屋的后面有一座小花园，母亲是农艺师，她给我们带来了土豆、菜籽，还让我们在墙角边栽上了爬藤……如果儿时能有这样一个世界，那么，对于孩子的成长会带来什么样的益处呢？首先，谈谈那三十平方米的屋后小花园吧。当我们刚刚迁入里面时，它是荒芜的，许多植物因无人管理都已经凋亡了。我们站在花园中感受到泥土和空气都是干燥的……之后，母亲就带来了土豆菜籽……认识泥土很重要，我们开始屈膝在泥土上用铁铲刨开了土，再将土豆埋下去。母亲启示我们说，用不了几天，土豆们就会生长出绿色的胚芽并跟我们见面了，还有那些撒在泥土中的菜籽也一样……泥土首先让我们学会了劳动，因为劳动催生了我们的等待和幻想……每天早晨，我们起床后的第一件事就是跑到花园中去看母亲描述过的那些幼芽，是否已经从泥土中冒出来了……终于，等待中的那一天降临了，我们半蹲在沉土上发现了几根鹅黄色的幼芽……再以后，我们用心管理着生长中的幼芽，眼看着它们每天都在变化……再以后，我们就看见了土豆开出了紫蓝色的花朵，还看见了青菜、萝卜也在生长……沿墙边蔓生出去的爬藤装饰着那堵有许多裂缝的老墙壁……

尽管我们之后在花园中从土里挖出了一筐土豆，品尝到了青菜、萝卜等食物……但我们的成长和生命是在迁徙中朝前行走的。成长不可能永远驻留于此，往外走，才是成长的使命。从小镇到县城……是我成长中的路线。因为我们还要寻找各种各样的门槛，而迁徙之路之前的准备是收拾家当。我们那个时期的家当非常简单，只需要将行李捆绑起来，将锅碗收拾起来就可以出发了。从儿时到少年的迁徙永远与父母有关，无论搭乘什么样的交通工具出发，这条迁徙路上，父母的存在意味着用他们的灵魂朗照着我们朝前的方向。因而，在此刻，我要赞美他们的灵魂，正是有了生命中父母的存在，我们才可能有勇气撤离出原来的地方并朝着一条未知的路线往前走去……

　　成长，是离开原来的地方，再往前走……往前走的过程会决定你的命运，人往哪条路上走，而且走得有多远，取决于你内心到底在为什么样的精神所召唤。

　　在我看来，人的成长分为三部分：第一，当身体中的脐带被剪断之后的成长，它离不开父母或他人的搀扶，这段成长是从母腹、摇篮跨越肢体语言的练习过程。当一个幼儿突然有一天挺立起身体时，这意味着幼儿的身体寻找到了通往世界的平衡力。身体本是一团肉，它被骨架所支撑，于是，当幼儿学会使用脚步时，他们已经在不知不觉中感应速度，唯其生活在速度中才能体悟到时间的变化……幼儿成长中最大的变化就是可以行走奔跑，唯其如此，一个陌生而神奇的世界才会在直立行走中与他们相遇。从幼儿再跨入青少年，简直就像梦一样在飞，像万花筒一样变幻着形体、语言，同时也在变幻着心性，这个时期内的成长就像在穿越神秘美丽而又遥远未知中的星际……

　　在穿越的过程中通常就会寻找到一生的职业，所热爱的理想。我记得，在从小镇迁往县城的路上，我感觉到了这一生还会走得更远一些。当我站在永胜县城的电影院门口，手里捏着两张汗淋淋的电影票，等待着女友来看电影时，当我身穿一条橘红色的喇叭裤，迷惘而又有些兴奋地在上台阶的人群中寻找着女友的影子时，我突然发现了一个众生相的世界……每一张脸都不是雷同的，他们的脸呈现出完全不相同的表情……我就是在那个时刻，突然从身体中升起了一种想写作的愿望……

人的第二个成长阶段来自青春期的变化。人之生命最美丽的年华通常是青春在绽放的时刻，但这个阶段非常短暂。以至于你回首青春时，觉得那只是一页插图而已。我的青春是一间八平方米的小屋，是一张铺着蓝色床单的单人床，是依倚墙壁的一架书，是支立在床头的一只箱子，除此之外还有洗脸盆，挂在墙上的一面小圆镜。我每天都要在镜子中看见自己，同时也会从他人的眼睛中看见自己的形象……那时候青春的美几乎没有瑕疵……青春期的成长是与他人的目光联系在一起的，因为青春绽放中，你的眼神是干净的，身体是芬芳的，一种完全绽放中的妖娆，使你获得了青睐和赞美。然而，青春更为重要的是迎来了熔炼的魔法之磁力，一朵花在绽放中的时间就像闪电般转瞬即逝，这个道理只有当你虚度完整个的青春期以后，才会醒悟、理解。而当你骄傲地绽放时，你并不知道天有多高，地有多厚。一朵花的绽放犹如你的面颊，娇嫩、鲜艳，你可以面向全世界仰起头来，证明你是那朵正在绽放中的玫瑰……而当玫瑰花香飘忽在夜色中时——青春的熔炼术就开始了。

青春是火，那么熔炼术的魔法就是来提炼青春中的那团烈火……那时候，我拎着箱子，以青春的各种名义去探索世界，起初是搭上牛车，与女友到一座遥远的村寨。我们栖居在火塘边时，仿佛与外面的世界隔离。青春中的火让我们想寻找另外的语言，于是，乘牛车来到了金沙江峡谷之岸的小村寨，那里没有人知道邓丽君是谁，也没有人知道我们是从哪里来的。我们躺在古朴的火塘边，倾听着鸡鸣声，女祭司的咒语……我，就是在那个青春游荡的夜晚，感受到了一个村里人的死亡……只有死亡让青春期突然变得黯然神伤……而当青春期被感伤弥漫时，我们终于知道，爱情是短暂的，你在闪电中遇到的那个人之所有只留下了背影，是因为我还需要走更多的路，历经更多的故事。

第三阶段的成长，应该从中年开始……何谓中年？现在我想带你到一座云南的原始森林中走一走，我在各种不同的年龄段都会在原始森林中迷路，因为，那是一座自然和身体中的迷宫，任何走在其中的人都是在雾中行走。只有走在其中的中年人，才可能与雾相遇，并深信我们的历史和命运都是在雾中前行的。原始森林中不仅有浓雾，还有历经了上千年时间的巨树。中年人以后的成长面临着人生中更多的焦虑，那是生命中模糊而又清晰的，存在于每一现状中的焦虑，它会像雾幔一样升起。我们行走在原始森林中时就像穿梭雾幔笼罩的巨兽精灵世界，一根根宛如蟒蛇般的树藤彼此缠绕，架于空中遮挡了蓝天碧云。因而，原始森林的阳光都是从树冠之上的缝隙弥漫而来的。当你仰起头来，可见一束束丝丝缕缕的阳光从天宇间洒下来。你走在潮湿阴晦的原始森林里，偶尔会传来巨兽和精灵们的叫声，偶尔会有腐朽衰竭以后倾覆在地上的枯木挡住你的路线……而浮游在你面前的雾，呈银灰色变幻着形体自由飘拂……中年人仍需要成长，我们的心性此刻早已经历了太多的时间沧桑，需要的是继续修炼自我。

成长是长久的，很多人以为只有孩子顽童少年需要成长……殊不知，生命的过程潜藏着太多未知的东西，我们越往前走，就会感觉到与世界相遇的机缘越多，存在的问题和迷惘就更多。因为在践行实现某种理想时，我们会遇到诸多的障碍，人这一生，就是在路上长期旅行，你所预想到的明天永远没有一道魔咒的变幻那样快……人这一生，有时候会舍弃所有的力量去追逐你生命中最为重要的理想。尽管如此，当你终于抵达你的理想，才发现世界很虚无，理想中的世界更为飘忽不定……而当你回过头去，你正在设法往回走，有一个看不见的神正在召唤着你往回走……这是生命中存在的另一个故事，这个故事中可以看见我的影幻，也可以看见他人的影子……往回走,无论你走得有多远,哪怕是乘一艘大船穿越了茫茫无际的海洋,你终将还要回内陆,那个属于你的内陆,这就是我们的成长故事。

至于我,小小的我在目前的成长是什么呢?不久前居于乡村的夜晚,我站在土坯屋窗前,星际遥远,我们不过是世间过客,仿佛门前草垛上看星宿,而转瞬间,嘘声穿过耳边,也许是水流湮灭了太多的记忆……在诸多感慨中我参加了村里人的婚宴,有那么多人居于一座半山腰的山寨为一对成婚的男女在举杯庆典,有意思的是这对新人都在外地大都市打工,却回到了古老的村寨举办了婚庆。这就是成长,无论走多远,都要回到源头。在人群中,我又看到了远离尘嚣的一张张面孔,在这个地球上,每一个人都有存在的位置。

我在这里,在他乡,在我存在或不存在的地方,请赐予我,明亮黑暗或更多存在或不存在的时间,乃至耗尽这些犹如时间之体的枝条。而我的存在或不存在,都只是一种倾诉,如澜沧江面上变幻无穷的波光而已。成长之谜,是前行与回头间的巨大屏障,因为它,我们学会了隐藏或穿越。

成长 35

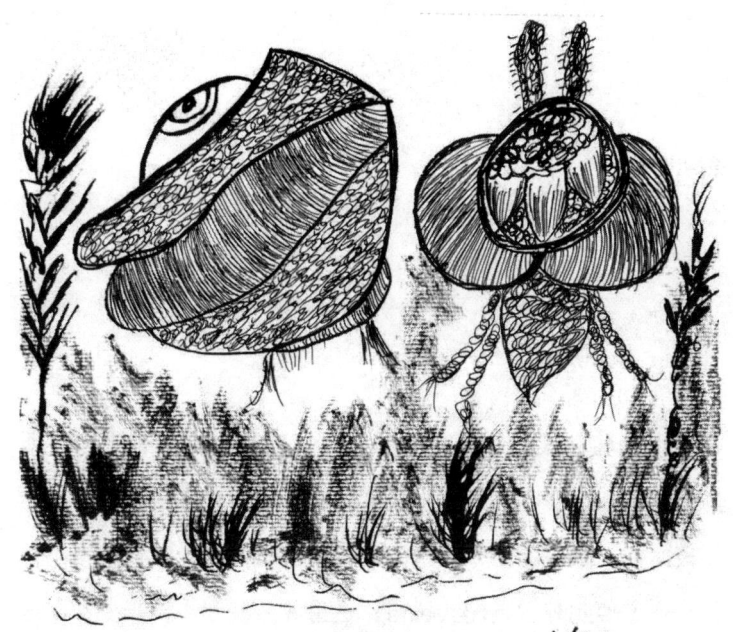

带着幼小的精灵与我的旅行
直到抵达彼岸，尽管如此
即将来临的一场春雨使我们的欢喜

2019年海男

独立

　　所谓独立,就是用自己的身体、智性支撑起你生命中所降临的一切。我小时候记得最清楚的一件事,来自母亲外出的一段时间。那时候两个妹妹好像都还没有诞生,我们住在小镇上,母亲要到外省调配桑树苗。这意味着我和小哥哥要独立地生活几天时间。吃饭没问题,我们可以在公社食堂打饭,上学也没问题,从上小学第一天,我总是跟在哥哥的后面往前走。我最害怕面对的是黑夜,母亲在时我跟她出屋并没有感受到夜的恐怖。那一年,我七岁左右,暮色降临时,我便点燃了油灯做作业。几分钟时间作业就做完了,小哥哥就在旁边的房间里,他习惯了独自睡一间房。我关上房门,为了节省油灯便吹灭了灯光……这时候,我钻进了那顶白色蚊帐中仿佛躲到了一座避难之所。和衣躺下之后，便想起了所有的鬼故事，我们的童年几乎就是听着鬼故事长大的。那一夜，突然感觉到所有听过的鬼故事都来到了现场。我用被子盖住头颈，绝不让手臂脚趾露在外面——这一夜，是我与黑暗中存在或不存在的妖怪搏斗了一夜。尽管如此，我还是迎来了晨曦，当我看到窗光渐亮时便钻出了被子掀开了蚊帐……我终于一个人送走了黑暗的夜晚，又背上了书包。上学的路上我一声不吭，只是无语地往前走再往前走。回忆这个小故事是想进入独立的话语中去，一个人只有在成长中面对黑暗战胜外在的恐怖，度过漫长的一夜以后，才可能开始去尝试更多生命中的独立。

二十世纪七十年代的某一天，家里突然来了一台缝纫机，那个时代，自行车和缝纫机都需要走后门方能买到。走后门，就是要托朋友们的关系，才能办成一件事。买一架缝纫机是我们一家人的愿望，最重要的是来自母亲的愿望。因为有四兄妹，母亲工作太忙，没有时间为我们改装旧衣旧裤，也没有时间为我们磨损的衣裤打补丁。七十年代有一种普遍现象，家里所有的衣服都有打补丁的习惯……缝纫机来了，哥哥动手能力强，很快就组装好了那台缝纫机。小时候，小哥哥独立的能力总是很强，他一个人学会了骑自行车；去当最后一届知青时又独立地学会了开手扶拖拉机。一九七八年我站在院子里，听见一阵拖拉机的声音时，便跑到了门外，十八岁的小哥哥竟然穿着补丁衣裤开着手扶拖拉机从乡村回到了家。这些插曲都应该是关于独立的小故事。

缝纫机装好以后，我很想去弄那台缝纫机，它可能是我看见的最新奇的机器。当哥哥已经骑着自行车满县城跑时，我便开始坐在缝纫机面前。这台上海生产的缝纫机竟然来到了我们简陋的家中，还占据了一个靠窗的明亮的位置。我开始将脚放在了缝纫机的踏板上，我想自己已经开始了一个独立的时刻：将有破损的衣裤铺在了缝纫机上，踏板转动时细密的针脚就落了下来。我补好了衣服上的一个洞，这不仅仅是一个破损的洞，而且是我自己独立修补好的一块伤疤……刹那间，我有一种单纯的满足感……之后，我大胆地尝试将小哥哥已经嫌小的衣服稍做修改就穿在了自己身上，我还将一些废弃的布铺开缝制出了一个非常特殊的书包……我想在这里表述的是一个被缝纫机所诱惑的故事。之后，那架缝纫机就替代了母亲的手，为我们一个小小的家庭修补好了床单、衣物，我甚至还学会了简单的裁剪技术。缝纫机的到来让我找到了修补破损衣物的存在感，踏着缝纫机的旋律，这存在让我体验到了母亲为我们用针线修补衣物时的满足感。我想在这里表述的是，我们的独立自主都跟这个生活的时代相关联，每个人成长的背景都是历练我们独立的舞台。

独立，首先要从自我的存在开始，简言之，首先要看到我们自身的存在。这存在使我们会为自己的存在服务。就像我在七岁时在漆黑的房间里感受到了母亲的不在场，同时感受到了我的在场。之后，巨大的恐怖从传说中的鬼故事中弥漫而来……我必须融入其中，才能越过漫漫长夜。天亮了，我度过了恐怖的夜晚，我独立地从黑暗的惊悚中游离而出。

体验黑夜，不仅是战胜恐怖惊悚，更有趣的是独立地面对不再有人陪伴在场的一个人的孤寂。自那以后，每次母亲不在场时，我渐渐地熟悉来自黑暗中的空气、脚步，那些传闻中的妖魔鬼怪仿佛是我的朋友，我可以与他们在黑暗中交流对话，我再也用不着将头钻进被褥——我想，这种面对黑暗的训练，对于一个人独立禀性的培养是不可缺少的。

从黑夜中我们体验了无助，更多的生活篇章随后将会像云朵、落叶、风雨一般飘来。独立，不仅仅是摆脱他人的奴役，更多时候是与自我在较量对峙搏斗的过程。自我的意念比他人的奴役更为强大，当我在多年以前的黑暗中用七岁的年龄面对一个没有母亲在场的黑夜时，让我无助恐怖的是我的意念。而我的意念又是与鬼故事建立的契约关系，这使得我在黑暗中不得不钻进被褥。人，在无助怯懦的时刻，总想寻找避难之所。

那一夜，当鬼故事中的妖魔鬼怪在房间游走时，作为一个七岁女孩，她唯一所寻找的就是用被褥建立的世界。其实，她将整个身体钻进被褥，浑身战栗着——人就是在这样的困境中寻找并坚守等待曙光降临，天亮以后那个年仅七岁的女孩汗淋淋地从被褥中钻了出来，将整个身心迎向了光明。

她拥有了脚踏缝纫机修补破损衣物的经验，在她的意念中又增加了修补生活陋习和破絮的履历——这到底有多重要？我们知道，生活，是一个生命出世以后，必须面对的过程，也就是说，当你出世以后，生活就已经在等待你了。你无法从生活中逃之夭夭，因为生活就是你每天要面对的现场。

是的，我们的身体多数情况下都被我们的意念所控制着。因此，我们时时刻刻都在与生命中的一个又一个意念相遇，并与它们生活在时间的过去、现在和未知的明天中。每一次意念的产生，就像天气的变幻莫测。实际中，宇宙的走向，星际的迷茫，乃至自然界中春夏秋冬的存在都是人类生活中让生命敬畏的"神学"，人类历经的多少历史文明的发展和探索，都是在这部浩瀚无边的"神学"中行走。生命之所以向往着永恒，就是因为在我们的生命实践中有"神学"的光芒在笼罩着我们。

但作为人，个体的人，每个人都有自己的意念并与之相处,并成了自己的联盟。七岁以后,那个害怕妖魔鬼怪的小女孩在快速成长。她除了可以独立地在黑暗中睡觉,脚踏缝纫机修补时间之洞外,还将独立地去承担什么?

首先,是独处,这是一个人的小世界,你有多少独处的能力,就有多少来自宇宙的奥秘等待你去体验并探索。

独处,是学习训练自我意念倾向的过程。在云南的山冈上,我经常会看见一个牧羊人和他的羊群在一起,他从清晨就赶着奔出栅栏的羊群走出了村庄,他一天的职责就是带着羊群去寻找到水草肥沃的山地。因此,他们会走得很远,因为只有在遥远的山冈上才有水草肥沃的山地牧场。对于城市人来说,这个牧羊人的生活每天重复单调是没有意义的。何谓生命的意义?当我看见牧羊人头顶着蔚蓝的天空,脚踏在布满岩石的山冈上时,我感觉到了他生命的独立和乐趣。人之所以伟大,就是在日复一日的时间中,重复地做一件事,并将一件事做到底。独处的能力,是由热爱一件事开始。在我发现浩瀚这个词时,我回到了一个人的时候,宇宙太大了,我退回到了书房,就像山冈上的牧羊人总是在他目光所圈定的那片区域中寻找水草,他的脚步从来不逾越他内心的山地牧场,独处就是在你所能生活劳动的范围内,找到了自我。

尤其是写作，如果没有培养自己独处的习惯，那么，写作只是悬在空中的一团云雾。独处，实际上是在使用时间。那个称之为流动的时间，倘若你未掌握它给予你的流动性，那么你在时间中只是一页白纸、一片荒芜了的土地而已。独立，在独处中与自己赴约，这是最坚韧而神秘的约会。

三十多年以前，当我钻进火车厢时，陌生的人流和气息使我目光游移……我希望像人群中的所有人一样寻找到终点站，这是我为自己而安排的旅途，也是我为自己设置的一片雾海。我用自己的目光鉴定着世界的混沌……人，只有了解混沌，才可能鉴别清澈的目光。这是独立的一部分生活，我少女时代所乘上的那列火车，将我载往了外省，车窗外忽而是良田，忽而是江流，忽而是穿越隧洞的黑暗……独立，需要我们去了解世界的纯真和混沌之间的碰撞……你独立了吗？这不仅仅是说你离开了家门，脱离开了父母的陪伴，当然，"家是我们出发的地方"，这是诗人艾略特的诗句，更是一种哲学的启迪。家，确实是所有人出发的地方。

我们能在所有的历史线索中寻找到那些伟大人物出了家门以后，带着出生以后的性别去人生的瀚海中远航的故事。出了家门之后，我们仅仅拥有性别、称谓，除此之外都是空白。只有在远行的世界里，我们用生命融入了社会的舞台，这时候也是我们寻找身份的时刻。命运和演变术让我们渐渐地有了自己的身份。当我多少年前开始写作，与我在同一阶段写作的人可以站成一个队列，那时候，文学对所有人来说都是浪漫的。而在时代的演变中，我们列队中的身份在多年以后不再回到从前，当年的那些为文学而燃烧青春的青年，他们中出现了医生、律师、政客、商人……独立，使我们在清澈和混沌中找到了真正的自我。身份的改变，使我们拥有了一生的职业，它使其独立的人生有了方向感。

独立，所面对的是摇晃中的轮船，只要你上了船，面对茫茫无涯大海之波涛，你将怎样在波涛中靠岸，并寻找到陆地？写作已经三十多年，在关于诗歌、散文、小说的写作中，我仿佛始终在大海中远航……写作只是一种人生，而生活是由年复一年的时间变幻的。很多时候，我绝望地面对自己的一个小世界，我到底为何绝望：当眼见一只飞蛾在黑暗迎向一盏灯光时，我知道，飞蛾所向往飞翔的一生就是在灯光中自焚，我没有去阻止它，我观望着一只不为人知的飞蛾的涅槃。这番场景为何让我悲伤不已？而更多的绝望与死亡无关，那是形而上的绝望，就像是你在碧蓝的宇宙中突然听见了有一个无影无踪生命的坠落，看不见的坠落……

现在，我们要学会独立地将一件事情做完。事实上，更多时候的人生都会脱离群体：哀牢山的原始森林中有一片自然保护区域，有一个叫李林国的人守候着保护区。李林国三十来岁，每天巡视着有山有水有森林的保护区，里面还有黑色的长臂猿。我们见到他时，他便跟我们讲述在自然保护区中的故事。他每天的任务就是巡山，并与生活在森林中的长臂猿交流，倾听它们的叫喊。有时候，树叶中的风声会将长臂猿的叫声送至耳根下，沿着时隐时现的叫声就能找到长臂猿栖身的树林……李林国讲起这些事情时眼睛发亮，他好像从来没有孤独过，每天的巡山都由他独立地完成，陪伴他的永远是森林中几十只黑色长臂猿的叫声，忽而出现又消失于森林中的踪迹。他一个人坚守于自然保护区内，一个人夜宿于那座孤零零的房屋，一个人聆听风语和长臂猿的声音……看上去，他就是游走于哀牢山保护区内的一个独立而年轻的王子，他拥有那么多的古树林，无数的古道被他穿越着，他的微笑那么阳光……独立，是一种精神的焕发，久而久之，它就成了一种习惯和生活方式。

独立，亦是一个语词，我们学会掌握的所有语词，都是由故事结构所组成的。当我独立地离开家园往外面的世界走去时，我看见了一只孤零零的蝴蝶在飞翔。是的，一只蝴蝶在飞翔，似乎陪伴着我的旅路在飞翔，天空中的一只鸟也在单独地在飞翔……当你走出家门后，会在这个神秘浩瀚的宇宙深处，发现诸多与独立这个叙事相关的情节。我曾坐在怒江大峡谷时，亲眼看见一只羚羊站在岩石上，它是在观望吗？还是在等待同伴？还是在享受着自由和独立的精神？转瞬间，它似乎看见了我。倘若这一生，你有机会来到云南的怒江大峡谷，并与一只看上去是孤独的羚羊默默对峙，那么，你这一生都将铭记此情此景，因为你在一头羚羊身上发现了自我，发现了自己的勇敢独立……同时，你也发现了自己内心的缠绵是在独立中诞生的，当那头羚羊掉转身以你意想不到的速度突然在峡谷间纵横而去时，你的内心游荡着一种犹如在云絮中缥缈上升的旋律……

我走出了怒江大峡谷，走出了那片有羚羊穿梭的岩石，无论多么壮丽震撼人心的场景，都不可能在你眼皮底下长在。之所以存在永恒，是因为我们拥有记忆的磁力，正是这些从时间中消失的场景被一代又一代人记忆的磁力承载着，才成为永恒。

独立是永恒篇章中的一个故事。每个人从直立起身体开始走路的那一天，就已经有了自己独立的、值得骄傲讲述的故事。在独立的人生叙事中，我们时常会在那些与你相遇的另一些存在中获得安慰。比如,那头伫立在怒江大峡谷的羚羊的存在,每次想起它的存在时,我的脆弱、忧伤乃至绝望,都会渐次消失,因为,活下去,不仅仅需要独立,还需要从另一些游走于时间中的个体生命的身上,获得我们精神的支撑点。

独立是美好的,它是世界创造神曲中的另一首旋律。

独立

跟随林中的精灵朝前走
破除迷雾 天空越来越亮

2019年 海男

秘密

秘密,是时间之源,追溯它是为了回到源头。

我初次在笔记本上写作的时候,不敢告诉别人,那年我17岁,写作仿佛是我合上窗帘面对自己的一件私密事,比如睡觉、沐浴、换衣、剪指甲,裸露着肩膀、锁骨、脊背、肚脐。是的,写作是私密的,包括那本笔记本也是私密的,每次写完想写的东西,总是会将它放在抽屉里。这是一个制造秘密的契机,只是因为想在笔记本上写上一些文字而写作,而在我看来,这些写下来的文字是不该与人分享的,而且我自己也不想让任何人知道我在写作。

但这个秘密始终要有被揭开的时刻。之前,她一直潜游着,虽然时间已经过去了太久,我仍记得,她潜进房间时,就像从千万里之外的旅程中回归。她年仅十七岁,却已经在寻访自己的宿命,每次回房间她都要洗脸洗净双手,然后站在悬挂在墙壁上的圆镜前,审视自己的青春。那是因为青春是绚丽的,这绚丽让她想寻找到另一种绽放的可能……于是,她端坐在黑漆面的书桌前,一只手已经拉开了抽屉。

抽屉总是会被拉开的,那只抽屉里只有一个笔记本,她知道抽屉中无法装更多的杂物。对于写作这件事,她从一开始就似乎是认真的,她的另一些生活用具是不能装进那只抽屉的。对她来说,每天伸手进抽屉的时候,总是会激荡起一丝丝颤动,微妙的喜悦……这是一个秘密,那个多年前用笔记本写作的少女,将写作这件事延续到了今天,她就是我自己故事中的一部分。写作这件事之前是秘密,后来因发表作品而公开了。尽管如此,每次写作一本新书时,同样是在秘密中完成的。

首先要诞生一次写作的契机,每次写作前的平静和风暴都是命运的安排。多年以前我写作长篇小说《花纹》,书中我叙述一对母女的故事,女性身体上布满了绚烂而凋零的花纹,当时我正经历着一个女性成长蜕变的故事;多年以前写作长篇小说《妖娆罪》时,我正在滇西的古道上行走,看见了另一个女人也在行走。我看到了她在滇西古道上的影幻,看到了她的生死之谜，因此，我叙述了一个女子与几个男人在乱世中的故事；多年以前的某天下午四点多钟，我来到了碧色寨，看见了被时间磨得锃亮的铁轨，像血管伸展在地平线以外的枕木间。有一个牧羊人正赶着黑色的山羊往前方走去，而陪同我到碧色寨的几个红河州的女友穿着高跟鞋正走在月台上，我看到了双面钟，于是《碧色寨之恋》的故事突如其来；多年以前，沿着怒江我来到了腾冲的高黎贡山，再逾越边界线来到了热浪涛涛的缅北，后来我来到了野人山……再后来我完成了长篇小说《野人山》的创作，书中叙述了中国远征军在野人山撤离的故事……这些东西使我眼前的灰尘变得如此干净，每一本书的写作，都是一次属于写作者个人的秘密之旅。

秘密，是时间之树，它将生长出什么样的果实？

每一个人一生中都要种植一棵属于自己的树，也就是说，这棵树就是自己的影子。神说，种下那棵树的时间已到，只有将一棵树种植在土里，你才能看到最为真实的自己。不管你是否听到了神的召唤，总之，每个人都在无形的时间中为自己种下了一棵树，将树苗移植到泥土中的时间大都是春天，只有春暖花开时，树神们才会召唤你的灵魂。

让我讲一个非常真实的故事，一个发生在身边的种树的故事。多年以前，我陪同几个朋友到了云南华宁盘溪小镇的曲江岸看一片山地。他们想在江岸的那片陡峭的山地上种上柑橘树，建立自己的柑橘农庄。我们沿着山坡往上走，上面根本就没有路，而且完全是长到有人高的一片又一片野草。我跟在他们身后往上走，幸好有满山坡的野草可以用手攀护，几乎是每走一步都需要抓住野草。不知不觉中我们竟然就已经走到了山顶，这是行走的结果。只要你没有停下来，总会走到山顶的。走到山顶后有一大片绿色的野草在迎接着我们，太累了，大家都躺在野草上，这番场景当然是最为舒心的。绿色野草是柔软的，当然当它们变干枯后就变尖锐了。它形成了天然的屏障，使我们登山的劳顿得到了休整。躺在野草上离天空变幻中的云彩似乎更近了。再之后，当我们从野草中钻出来时，他们说要开发这片山坡种植上柑橘树……我倾听着，仿佛是在听别人唱出的一首好听的歌曲。

多少年又过去了，他们果然在这片只有野草生长的山冈种上了几万棵柑橘树。他们从山下修了一条通往山顶的道路，将几万棵柑橘树移植到了那片荒凉的山冈，这是种树带来的奇观。到了今天，他们在山冈上建了座可以居住的房屋，我有机缘在一些假日也会在那房屋中住几天，这样一来，我就看到了橘园中每一棵树生长的状况。在橘园中行走，你会见到不同的树，看到它们生命的不同境遇。所以，世界上没有非常相似的两个人，之所以迥异，就因为它们有内在的秘密，因不相同的秘密而造就了生命个体的不相同命运。

秘密，带领我们前去赴约世界上看不到尽头的远方。

赴约世界上看不到尽头的地方，并非每天都生活在旅程中。其实，旅行在生命的时间中，只是一小部分。在这里所谓的赴约，是我们每天生活中需要解决的困扰矛盾，尽其自身的力量工作劳动，没有人一生下来就能脱离俗世的生活规则。我们站立的时刻，随时都准备移动自己的步履，世界是一个大得可以容纳每个人的舞台，更多时候我们就生活在这座舞台上，与亲眷家人朋友陌生人表演着自己的才艺。除此外，我们也学会了搭建自己的一座小舞台，用什么材质去搭建自己的舞台，取决于你的心智。我为自己搭建的是一座写作的舞台，使用的材料是语言，尽管如此，并非我独自一人在舞台上表演，在语言的舞台上会出现众多的幻象，他们与我探索着宇宙的迹象、人性的痛苦、绚烂的花朵、凋亡的梦境……而这一切，源自我有一个秘密的世界，正是它让我找到了另一个自我，她每天往返于了俗世的大舞台、自己搭建的小舞台中央——她有性别，有创痛，有燃烧，有灰烬，有梦想，有现实，有忏悔，有良知，有原罪，这正是她所在世界上赴约中的没有尽头的远方。

秘密，该怎样去与之厮守？

我们经常会看见两个人耳语的场景，将一个自己的秘密和他人告诉你的秘密告诉了别人，这个秘密并非就不再是秘密了。首先，当你想把属于自己的一个秘密告诉别人时，这个秘密已经被你隐藏了很长时间。在滇西永胜县城秘密写作了一段时间后，我突然在某一天将写在笔记本上的文字，重新抄写在了信笺纸上想去发表。我买来了牛皮纸信封，小心地将稿件装进信封里。之后，我步行来到了邮局，二十世纪八十年代永胜县城的那座邮局，是一座令我心神荡漾的地方，我曾到邮局去打过电话，现在，我竟然要去邮局寄稿件。这是件源于我秘密生活中开始敞开的秘密，因为正是从这一天开始，我已经在这个世界上公开我写作的现实了。不足五百米的路线，我享受到了一种从未有过的期待，仿佛街上与我擦肩而过的人们都面带微笑看着我，空气中有山茶花绽开的早春气息……站在邮局的柜台前，我亲自看着穿绿色制服的那位美女将邮寄稿件的信封盖上了邮戳后，才放心而欢喜地离开了。之后，我的那篇作品发表了，再之后，我最喜欢的路线就是去邮局寄稿件，我最喜欢在邮局看到的人就是那个身穿绿制服的美女。她长得很像张曼玉，当她往我邮寄信封上盖邮戳时，我感受到一个秘密，由语言编织完成后的秘密即将出发……除此外，我最喜欢看到的另一个穿绿制服的人就是邮递员。

当一只只牛皮纸信袋中的稿件寄出去以后,生活中同时充满了等待。因此,邮递员来了,每天上午十一点前后必是邮递员来的时间,他骑着一辆很旧的绿色自行车,后车座上挂着两只大绿色邮袋,他会在楼下叫唤着我的名字并按响自行车的铃声……自我开始邮寄稿件后,我的邮件是最多的,除了稿件还有情书,以及订下的纸刊,等等。总之,我这一生都跟纸质品结下了不解之缘。当我从那个三十多岁的邮递员手中接过一大包邮件时,最惬意的事情就是赶快回到房间。

是的,赶快上楼,赶快回房间——我的心仿佛鼓一样动荡起伏,掏出钥匙尽快开门再掩上门。一个人的小世界是安全而隐蔽的,无论房间多么小,都足以容纳下我的心跳。之后,是用剪刀剪开收下的来信,信封很厚,说明稿件被退回来了,如果信封很薄,就会收到寄出的稿件被录用的通知。这些潜规则存在于我的心跳中,使我存在于房间中明亮或晦暗编织的梦幻中。这是秘密生活中的现场,一个人与写作、邮局、邮递员的不可分割的联系,它们使我在县城写作生活的时光,充满了阳光的召唤。

将别人告诉你的秘密再转述给别人,这是再度重新编织秘密的过程。耳语之后,将另一个秘密重新创作……我们置身其中,想象着另一个人的秘密……耳语者,是秘密的传播者,所以，当你将你的秘密告诉别人时，就意味着这个秘密已经不存在于秘密的迷宫中，它要到世间去经历舌尖的弹性和张扬，它要去触撞秘密中远行的另一个河流……

秘密，总是会帮助你去泅渡世界上最黑暗的夜晚。

有些秘密，只能与自己厮守，它是不可能说出来的。为什么不能说出来，因为那些秘密中没有故事，就像你看见一道闪电，它太短暂，很快就过去了。你不能对别人说，你看见了一道闪电，因为与你置身于同一空间的人们都看见了闪电。只不过，他们并不在乎那道闪电，过去就过去了。而对于你来说，这道闪电尽管太短暂，却在你记忆中成为永恒，因为那道闪电在刹那间使你经历了一次视觉与灵魂的惊悚。你回忆着这道闪电，久而久之，它就成为你灵魂中的一个秘密。

秘密，有形而下或形而上两种。

形而下的秘密基本上有故事的脉络感，因而你可以找出脉络的线条，分析它是从哪里来的，将会到哪里去。而形而上的秘密大都是无法与人分享的，就像面朝黑暗，你看到了大海，其实，大海离你还很遥远……你沉浸在波涛汹涌之中……

终其一生，我们的身体至少也会有三个无法诉诸别人的秘密。第一个秘密与爱相关，有些爱可以公开袒露着，它们获得阳光雨露的滋润，就会结出丰盛的果实。而有些爱，它只有源而没有果,这源头的水是晶莹的,但不可能逾越大江大河汇入海洋。这样的爱,永远停留在源头之上。因而,它成为你心头的秘密。第二个秘密与良善邪恶相关,一个人生命的良善因其光明而缔造了他们的明天。而每一个人在生命中都会有一些隐形的邪恶念头,有些念头刚一产生就被掐断了,最终光明战胜了邪恶,使其没有生长的空间。这样的邪恶成为秘密,被你亲手埋葬了。你在回忆它时也是你秘密忏悔的时候。第三个秘密与梦相关,当你做梦时,梦终有醒来的时刻,这个梦无论多么惊奇艰险,你都会默默地与之相守,因为你相信,终有一天,这个梦会成为现实。因此,梦,不断呈现又消失的梦,成为不可复述的秘密。

有些秘密,到了死的那一天,都不会公之于世。这样的秘密,一定具有坚韧的力量。

秘密于我,是前世今世来世的三个时间。

我们是看不见前世的,但可以通过今世看见我们的前世。我曾在无数个时空的变化中,看见过我的前世。当我遇到一个男人并与之相爱时,我看见了前世,与这个男人的长别离;当我被一件事、一个人、一个念想所折磨时,我看见了前世,我的逃之夭夭……我们此在的时间,乃至我们的命运都来自前世的言行,前世灵魂有多少黑暗和光明,就会呈现在我们的现世中。而我们的今世又造就了我们的来世……秘密于我,是三天、三世,亦是三首歌曲。

秘密不应该死去,它是灵魂中的一部杂记。在我面对时间时,经常会感受到有另一个秘密正在召唤着我。哪怕是在心情最为萎靡的时刻,我仍在听从那个密使的派遣……我从哪里来到哪里去的路线,都只是践行了这个密使派遣下的旅途而已。人生,有那么多的空白等待着我们去填写,又有那么多的绝望无助等待我们去释怀,因而,生命中相伴我的那个密使,就是我亲爱的神。我的神,就是用世界上那些遥远的秘密牵引我继续前进或在此守候的、无所不在的时间之谜。

时间穿透了肉身,使它拥有鲜活的能量,但终将使肉身萎靡。尽管如此,肉体中携带的秘密是永久的一部神话,它如灰尘扬起又落下,终将我们未吐露的辞藻荡往另一片海洋陆地。因此,我希望能在一个秘密诞生时有厮守它的勇气,也有说出它的智慧。天亮了,雨洗干净了窗外树枝上的灰尘,洗干净了草地街道,洗干净了压在我们身上的部分污垢……所谓秘密,咫尺天涯,当你以炙热之心去面对生活时,必然会与他人与万物世态产生可以说出未说出的秘密。

天亮了,我的密使正在路上等候着我。该去赴约了,世界给予我的痛苦欢喜,是秘密中的一部分。该去赴约了,在这个美好的世界里,仿佛一切都可以从头开始。

  所谓秘密,永远是另一个正待诉说或未说出的伤疤和绽放的理由。

还有多少秘密值得收藏
还有多少诗歌穿梭昼夜而来
还有多少人会为你而勇敢激荡
还有多少颗心会成为你自己的福地

2019年 渝男

母亲

当我写下母亲这个题目时,快近九十岁的母亲就在房间里祷告。母亲的祷告声穿过房间,仿佛穿过了漫长的岁月,一个已近九十岁的老人,她内心的时间直到如今仍清晰如她编织毛衣时的花纹。母亲是一部书,可以留待将来时间书写,在这篇文章中我想写下关于母亲的三个穿越时空的故事。我是在母亲退休以后才陆陆续续听到她对时间的追忆的。在母亲退休之前,她一直生活并工作于滇西永胜县城的农技中心,作为农艺师她率领着我们在金官小镇住了几十年;在母亲退休之前,她的时间段似乎都是在栽桑养蚕中度过的。我们只知道父亲和母亲都是云南红河州人,但从来没有去追问过他们是为什么从红河州来到滇西永胜的。而且,母亲每天都在忙碌不休,除了生育五个孩子(一个小弟弟在两岁半时出麻疹夭折了),并抚养我们之外,她都是以工作为核心。直到她终于退休,随同我们哥妹们迁徙到了昆明并安居之后,在许多次偶然的追忆中我才断断续续地聆听到母亲的一些早年的生活片段……而此刻,倾听着母亲的早祷声,我仿佛又替代母亲,去追忆她生命中三个最为重要的故事篇章。

第一个篇章发生在母亲的幼年。据母亲晚年时回忆,我才知道她出生地的地名——江川,她在不经意之间、无意识之中总是会跳出这个地名。她说,她的老家在江川县城,小时候她经常穿过一条街巷去买水豆腐……母亲反复回到这个时刻,之后她又说道:她的母亲很漂亮,是江川城里的一个美人,后来跟随一个军官私奔了;再后来,她的父亲又娶了另外一个女子;再后来,母亲就来到了建水。母亲的声调很模糊,因为时光确实太久远了,追忆起来总有一种隔世的感觉。再后来,母亲就从建水来到了个旧,一对夫妇收养了母亲。我们在永胜金官小镇居住时,那对收养母亲的外公外婆曾来到小镇居住了两个多月。外公在旧时代曾是银行职员,他当然也是那个时代有文化的人,外婆裹着一双小脚……外公外婆都是那个时代最善良的人,所以他们才可能收养母亲。几年以后,在母亲十四岁时,蒙自草坝蚕丝厂招童工,母亲就拎着一只木箱来到了草坝。

多年以后,我来到了滇越铁路上的特级火车站碧色寨,那是我首次来到红河州的蒙自,因为要写一部与碧色寨有关的长篇小说。沿枕木下的铁轨我来到了草坝,这座小镇曾是母亲多少年前生活的地方。据母亲回忆,她当时是作为童工来到草坝蚕丝厂的,后来她一边工作还一边学识字读书。那是一个战乱的年代,日本人的飞机经常在空中巡视并投下炸弹,每每听见飞机的轰鸣声,工人们便跑出工厂,隐蔽在厂外的那些野生灌木丛中。母亲在草坝学会了识字并且还学会了栽桑养蚕,而且与她同时代的人们一起经历了战乱的惊恐或逃亡的生活。之后,她又穿着那个时代最流行的列宁服装,剪着短发,与她的同时代人们一起迎来了一个旧时代的结束。

至于母亲到底是怎么样认识父亲的,这也是一个谜。我父亲是红河州石屏人,父亲很英俊,是那个时代最俊美的青年。很幸运的是,父亲就读于省城昆明的司法专科学校时,在照相馆留下了几帧青年时代的照片,这些照片如今还镶嵌在家里一本最古老的相册中。我就是在这本相册中看见了母亲和父亲的结婚照,同时还看见了父亲个人以及同另外几个青年的合影……这些纯粹的黑白老照片,即使过了多年,仍然清晰如初,只有当时的老相馆才可能保存那个时代的容貌。

母亲在二十世纪五十年代末期与父亲结婚后，因为两地分居，先是调到了大理工作了几年，后来又调到了永胜县。这是一个家庭的诞生初始，之后，我们哥妹便按照时间顺序分别降临于世。

第二个阶段是母亲来到滇西永胜之后的时间简史。我，自然也是这段时间简史中的一员。大多的记忆因年幼已模糊，但依稀记得二十世纪六十年代末期，我们随同父母去金沙江边五七干校的一些片断。我们乘一辆大货车抵达了热浪滚滚的金沙江岸，再乘一艘木船渡了岸，下船后背着简单的行李沿布满沙石的小路往上走，越往上走感觉到越来越空旷。在五七干校所有妇女住一间大房子，所有男子也同样住在一间大房子里，在这里没有家庭亲眷关系的房间供我们居住。

我和小哥哥均分配与母亲住在一起，一张用木板搭起来的大床，另一头睡着小哥哥，这边睡着我和母亲。每家均如此，妇女带着孩子同住。母亲当时的劳动改造是在养猪场，我没事时经常会跑到母亲和几个妇女的养猪场去玩，每次去找母亲，远远地就会嗅到一大股猪粪的味道。在一座竹篱笆围起的栅栏之中，母亲和几个妇女坐在院子里用一把把满是锈迹的菜刀切着猪食。所谓猪食，要么是山地里的野菜，要么就是玉米秆等可食的植物。那时候，因为同宿舍的一个年轻女人跳江，被江水冲到了沙岸上，恰好被我们几个孩子在沙滩上游玩时发现了，这幕场景使我第一次目睹了活生生的死亡。自此以后，有好长时间，我每天睡觉时都会被噩梦魇着。在干校生活了一年时间后，我们随母亲来到了当时的金官公社，也就是现在的三川坝。

那是母亲最成熟的年龄，因为父亲长久在外的原因，我们只能生活在母亲下乡工作的乡镇。母亲每天从居住地的金官公社出发，她工作的地点在乡村，并且是金官公社区域内的所有乡村。每次出门之前她都会戴上一顶宽边草帽，挎一只军绿色的帆布包。这个打扮在当时并不时髦，因为所有人都挎这样的包，乡村和城里的妇女都头戴这样的草帽，你再无法在百货商店里挑选到另外的挎包和草帽。但如果穿越时空来到了今天，母亲头顶上那麦秸编织的宽边草帽和斜背在她肩上的军绿色布包，是时尚的，充满小资情调的。而在母亲生活的那个时代没有小资情调的流行区域，所有的衣装都是清一色的，那是一个商品服装没有创造力的时代。尽管如此，正值中年的母亲却像六七月山坡上的向日葵一样灿烂而成熟，因成熟而灿烂。

在我不经意的一瞥之中总是会看见母亲出发前的场景，

她在我们上学之前已经出发了。她是一个勤劳的女人，在出门之前她已经把该洗的衣服晒在了院子里的晒衣铁线上。那是我此生中感受到的最宽敞的晒衣空间，在紫薇树和石榴树的另一面，几根铁丝镶嵌在几棵柏树两端，我们的衣物床单晒在上面。放学回家我每次收衣物时，总是会忍不住嗅嗅众物上面太阳那温暖的味道，还有肥皂的味道。在母亲的蓝色的确良衬衣上我还嗅到了蚕丝的味道……母亲头戴着麦秸色的宽边草帽，身穿天蓝色的确良衬衣下了台阶，中等身材的母亲穿着一双黑色的布鞋正在朝前走去。她总是早出晚归，每天都是等我们吃完晚饭后，接近黄昏时才归家。只要遇到天阴下雨、电闪雷鸣，我们兄妹几个总是会站在金官公社的门口等候母亲归家。在等待中小哥哥会脱掉鞋子到门口的小河中去摸石缝中的鱼虾，妹妹们会到河岸的庄稼地去抓蝴蝶和蜻蜓……总之，我们就是这样长大的，在等待中寻找到了那个时代背景中的游戏。尽管如此，当电闪雷鸣降临时，我们会聚在一起猜测着母亲现在已经到了哪里。我尽可能地在想象中祈愿着母亲已经走过了那座村庄外的危桥，那是一座有时间历史的桥梁，桥面很多地方早已经坍塌；我尽可能地在想象中祈愿着母亲已经走过了那片村庄外的坟地，在我看来，即使是太阳朗照时，坟地上也有许多看不见的鬼魂游荡不息……

母亲终于回来了,在暴雨之前赶回来了,黄昏的光线中我们屏住呼吸目不转睛地看着金官公社门口的那条小路。是的,移动的昏暗光线中母亲回来了,我们奔向前……母亲从挎包里掏出了核桃、板栗、青梨等果物给我们,这些来自乡村的果实一旦来到我们手中,就会被我们惊喜地送到嘴边。母亲平安地回来了。从那个时刻起,我们与母亲所建立起来的这种来自人世间最古老的血脉关系,使我们的成长充满了牵挂、祈祷、焦虑……我们就是这样走过来的,也是在母亲的庇护和存在中走过来的。

母亲从金官公社往外走的那一条条乡村小路,就是母亲下乡工作的路线。在一个个学校放假的日子里,我会申请让母亲带上我去乡村走一走,母亲很容易就会满足我的这个小愿望。她会为我准备另一顶秸黄色的草帽,戴上新草帽时,我会闻到一种深深的干枯后的麦秸香味……通往乡村的那条条小路上都绽放着野花,小路坑坑洼洼,除了人走外,还有牛羊群在走,还有鸭子和多种大大小小的家禽牲畜们在行走。母亲和它们似乎都是朋友,它们彼此用目光交流着说不出来的语言……在母亲下乡工作的那个世界里,我看见了桑园,满山坡的桑园,我还看见了村庄里的养蚕房,那些白色的蚕宝宝很幸福地趴在一层层绿色的桑叶上咀嚼着桑叶。

在属于母亲的那个世界里,我曾经跟随着母亲走过了最美的乡村小路。这些小路偶尔会途经一大片坟地,当我感到害怕时,母亲就走上前来牵住我的手说,别害怕,世上是没有鬼的。尽管如此,每次途经坟地时,我仍然会感觉到有无数看不见的鬼魂在周围行走。我们途经果园时无疑是最喜悦的时刻,守果园的那些爷爷大都知道母亲,总是会从树上摘下一些刚成熟的果实送给我们。途经独木桥时是我最惊恐的时刻,母亲牵着我的手说,别看脚底下的河水……就这样,我竟然跟着母亲勇敢地走过了独木桥。乡村,一座座山脚下的乡村是母亲工作的地方,母亲每天都在行走,无法计算她每天要行走多少路……直到有一天,母亲终于到了退休的年龄。

是的,直到有一天,母亲终于到了她退休的年龄。在之前,她经历了父亲的逝世。父亲与母亲尽管工作关系长久分离,但每次在节日相聚时,我都能感觉到他们是一对十分恩爱的夫妇。父亲在五十九岁那年离世,之后,她独自承担了几兄妹的抚养,直到兄妹们分别参加工作,而这时候母亲已经到了退休的年龄,她面临着再次迁徙,因为我们兄妹都在省城工作。母亲在九十年代初期听从了几兄妹的建议,独自卖掉了永胜的那套商品房,并独自收拾好了家里的全部家当,再租了一辆大货车装载着家当来到了昆明。我们兄妹几个在那天黄昏,守候在一幢出租房的楼前迎来了那辆货车,母亲当时六十岁,从货车上走下来,她勇敢而独立地承载并完成了一次从县城到省城的迁徙,完成了她农艺师的职业生涯,将开始她退休以后的生活。

这是一个农艺师退休以后的一次大转身,以往她出入的路线通往的是乡村的栽桑养蚕,而她退休以后所面对的是城市的斑马线,她必须先从学过斑马线开始她的新生活。安居于城市之后,母亲在六十多岁以后与一座城市开始了亲密接触,她首先要学会乘公交车、穿马路街巷。在乡镇,她以农艺师的身份几乎生活工作了大半辈子的时光,乡镇于母亲就像是一座被群山众水所建构的农庄,如可以凭着脚步声抵达每一座村庄。她可以像一个乡下人那样蹚河川,穿过果园坟地与大地上的俗世鬼神相遇。而在母亲退休来到城市以后,她面临着要学习许多新东西,意味着六十多岁的母亲要做一次新的转身。

母亲终于安居下来了,她学会了乘公交车、穿越复杂的街景,并于此融入了新生活所变幻的生活观念之中。退休以后,母亲开始有时间跟我们相处,她的思维敏捷,作为一个生育了五个孩子的妇女,她的肉体和精神世界都随时光经历了数之不清的一次次熔炼。在我记忆中的母亲永远为工作而忙碌着,为她的栽桑养蚕的事业而耗尽了最美好的时光。而此刻,当我们回到她身边时，总能品尝到她烧制的一桌最清淡的菜肴。母亲之所以长寿，与她的饮食有关系，她从年轻时到现在，都喜欢烹制淡盐无辣椒的菜……这使得她的牙齿坚固，身体安健……尽管如此，我们仍在自己流逝的时光中感受到了母亲的衰老。

在抵御时光的苍茫之中，母亲一直在做三件事。第一件事就是织毛衣。在乡镇生活时，母亲已经会织毛衣，我们冬天身上穿的毛衣就是母亲新编织的。由于工作忙碌，母亲织毛衣的时光大都是我们每晚坐在煤油灯下做作业时，她织毛衣时速度很快，闭着眼睛都能编织。退休以后家里的沙发上有许多年都摆着一件母亲没有织完的毛衣。第二件事就是诵经。母亲起床很早，每天五点左右就起床了，在她双脚能走动的几十年里，她经常乘公交车到城里的圆通寺等寺庙去参加法会，吃斋念经。八十多岁以后，母亲就每天在家里敬香诵经。母亲诵经时的声音很洪亮，非常有旋律感，她至今还保持着红河州的声调。诵经以后，她会为家里的每一个人祈祷。倾听母亲为家里人祈祷，是一件很有意义的事情，仿佛在倾听她生为人母的爱，那些爱与每一个人融为一体。第三件事，就是读报。母亲每年都为自己订一份《春城晚报》《文摘周报》，她也许是这个世纪为数不多的读报人之一。母亲的眼睛竟然不需要佩戴老花眼镜，也能看得清楚报纸上的字体，这当然是一个奇迹。

母亲的一生从没有受到过流行的影响。她已进入九十岁，在我看来，她依然在成长。当她面对时间世事常态时，她仍然以敏锐之力捕捉着生活的万变或不变，面对九十年逝去的时光，她偶尔会唠叨不息，但更多的是沉静如水。每每看到母亲在坚韧平静地活下去，来自内心的那些脆弱就会像烟花遁去。搀扶着母亲在楼下散步时，发现母亲的脚力已衰退，尽管如此，我仍在母亲手下的拐杖中感受到了时间的魔力。活着，像母亲一样坦荡自由地活着，真好！

以月光照耀生命的时间睡一觉
伟大的爱神陪伴着我们

秋天 是最美的季节
当果实坚著 我们开始醒来了

2019年 渔男

朋友

朋友，就是我们身边最亲近的影子，或许是第二道朗照我们，并与我们如影相随的影子。

追溯朋友的渊源，仿佛看到了我们最初的成长版图。朋友是从幼年培植起来的影子，是陪伴我们嬉戏在无忧时光中的影子。

记得跟随父母到金沙江畔的五七干校劳动时，金沙江的沙滩成了我们游戏人间的第一个小小的舞台。我们在砾石沙滩上摸小鱼，浑身湿透满身沙石，而且还用沙将自己的身体埋住，只露出头颈——这是无忧者的儿时嬉戏。童年的伙伴在许多年以后基本各走东西，留下的只是我们置身其中的背景。一条带着泥沙滚滚而来的金沙江，几十个孩子脸上的沙粒清晰可见，然而，却怎么也无法想起他们各自的神态。因为每一张孩子的脸都是变幻的云图，你根本也无法追寻昔日的那片在我们头顶之上停留过的云图。那群孩子只留下了回忆，在今后的日子里我再也追踪不到他们成长的影幻。这是儿时的朋友，只属于那条金沙江的某道湾流之岸，只属于我们蒙昧年景中的一张插页。

之后，等待我们的朋友将在另一条路上与我们相遇。

朋友，就是你敞开窗户之后看到的另一道风景。他们从风景中走过来，车站、旅馆、灌木、古道、校舍、斑马线、酒吧、咖啡馆……都是人生中的风景，当你的朋友从风景中向你走来时，你亦置身在风景中，等待着与他们相遇。世界上的朋友很多，但归根结底有三类形而上或形而下的朋友。形而上的朋友是来与你的灵魂相遇的，无论在哪里相遇，你的灵魂在相遇之前早已在深情地等待着他们的降临。形而下的朋友很多，有时候甚至很泛滥，你们在各种场景中都可以称之为朋友，你们不是用其心在交朋友，而是用其性别、谎言、身份做朋友。这样的朋友注定短暂，无法走远，也无法成为你灵魂中的另一道影子。

形而上的朋友很稀少，他们来到你的世界，看上去似乎是偶然的，然而却是神意的安排。在人生的各个阶段，都会有这样的朋友出现，他们或许只在你的生命中出现三天或一个下午，甚至只是一个黄昏，一场闪电从降临到结束的时间，都足可以影响你的一生。那是我十七岁的时候，我已经开始了读书，突然有一天，徐孃孃来了，看到我读书，她就说她刚读完了大仲马的《基督山伯爵》。我惊讶地看着这位四十多岁的妇女，她当时只是县糕点厂的一名女工啊，但她是昆明人随同丈夫来到了永胜工作。她热情地说可以带我去县图书馆借书，她跟图书馆管理员龚老师是好朋友，等等。于是，徐孃孃这位小巧玲珑的妇女就将我引荐给了龚老师。那是另一位五十多岁的妇女，目光仁慈，对爱读书者的朋友们都打开大门。这样我们就潜进了当时永胜县的图书馆古院内，里面长满了许多百年以上的松柏，在当时的情况下能进入图书馆内部，是走了后门的，没有关系当然是无法进入的。

　　就这样，我和徐孃孃每隔三天都相约到图书馆还书再借书……那真是一段奇妙而充实的时光啊，我们读书的速度之快，就像朝暮间的变幻，转眼就是黎明，我们又起床了。而黄昏的降临无疑是读书的大好时光，那时候的心境多安静啊，回到单身宿舍，就迫切地，贪婪而饥饿地读书。就这样，在两三年的时光里,我和徐嬢嬢总是每隔三天就奔赴图书馆,我们几乎就没有时间交流读书的感受,见面就只奔图书馆,走出图书馆后,徐嬢嬢就忙着上班去了。多年以后,我总是在回首往事时,想起这个平凡的妇女,正是她将我自十七岁以后的时光引领到了图书馆,而当时图书馆龚老师的职业也是我最为羡慕的。直到有一天,博尔赫斯告诉我说,图书馆是天堂的模样……而这一天降临时,时光已不再停留在永胜县城的图书馆的院落。但我仍清晰地记得,我总是跟着徐嬢嬢满怀激情地往前走,自己竟然能听到自己的心跳声……进入图书馆的院落,就能从空气中闻到松柏的清香,而当我们一旦进入图书馆以后,恨不得将所有书柜上的书借走,三天内就读完。

图书馆就是天堂的模样,徐嬢嬢就是从生命风景中向我走来的那个人,正是她将我引向了图书馆。尽管之后我们再无联系,她却是我生命中形而上的朋友,只要在一些读书的时光中,就仿佛与她结伴一前一后穿过街景,向掩映在松柏中的图书馆走去。

那一年,我遇到了很多漂泊流浪的诗人艺术家。二十世纪八十年代,大地之上总是穿梭着他们的身影。我在永胜县城迎来了一个骑自行车的画家,他是上海人,正骑自行车全国旅行。他身材高大，皮肤白皙，上海男人的那种皮肤，年龄在二十多岁。那一年，我看着他的自行车骑进了县文化馆，我当时在文化馆工作。他的自行车后座上驮着一只大大的帆布包。在文化馆院内，我和几个同事跟他交流着，听他简单地介绍自己。他在县城待了三天，有一天他约我单独见面，我坐在他自行车后座上，他将车骑到了县城外的一片麦浪中，然后，我们就在金黄色麦浪中的一条小路上散步。我们谈论着凡·高和高更，他还谈论着一路上所经过的县城小镇，他说离开云南后，他要骑自行车进西藏……我们好像在麦田里走了很远很远。那片麦地类似凡·高画布下的麦地，二十世纪八十年代，几乎所有的文艺青年都热爱着凡·高，他是我们那个时代的超级偶像。

麦浪之下，我们走了很远，似乎说了很多话，又什么也没说。麦浪拂过我们的面颊时，感到了轻柔的麦芒。第二天，他就离开了永胜，我们甚至没有来得及告别，他好像是天未亮就离开了。这是个与我只有过短暂相遇的朋友，而我却铭记了他青春年华中的那辆黑色的自行车。多年以后，我们到了一个微信的时代，我第一次在微信上看到了他的画，这时候，我已经开始了画画。相隔漫长的时间，我仍记得他的自行车上的泥浆，我们共同沿着土路穿过那片麦浪时的无语，这是一种保持在青春记忆中的朋友，我在他画中看到的是沉静的线条中的世界，一个在年轻时骑自行车环游国家版图的青年人。当他一旦停下来，等待他的无疑是创造。

朋友，照亮了我们的人生足迹，这样的朋友每每回忆起来，虽然与我们的现实生活无关，却总是一面镜子，呈现出了我们青春时代的一段回忆：当他穿着一身青色布衣脚蹬着布满泥浆的自行车来到永胜县城时，这座小县城正生活在平静祥和中，人们上下班，商贩们开着各种店铺；在互联网没有到来的时代，每条街巷中大大小小的商铺，都是一种世俗生活的标志。在一个互联网没有出世的年代，人们行走在街巷中与两边街道的商铺相融一体。倘若没有了街巷中的各种商铺，那么，有一天，人们会脱离开街巷，那是一种可怕的场景，街巷有一天会荒芜吗？而在那一天，当一个来自上海的年轻画家，蹬着自行车游历了祖国的山川，从西藏入滇后来到了永胜县城，他的形象无疑也是街巷中的一道风景。人们纷纷猜测着他的故事的同时，他已经将自行车骑到了永胜县城的中心民主广场，将自行车又骑到了县文化馆。我抬起头来，那时候我在县文化馆工作……我看见了他的青春，同时也看见了一个朋友，尽管我们还来不及交流。

自我们走出永胜县城郊外那片麦浪滚滚的尽头之后，我再也没有见到他，但从心底升起的总是一种朋友的感慨：时光是不会停留在那片麦地中延伸出的小路之间的，时间不会为一只天空中飞翔的小鸟而停留，也不会为走在麦地中的我们而停留片刻。当我们走到麦浪滚滚的尽头时，我们又沿着那条小路走了回来。我们需要挥手告别，告别是人生众多场景中的一种，如果告别是淡雅的，那么，之后，留下来的是清风拂面似的滋味；如果告别是浓郁的，那么，之后，留下来的是火焰升腾似的滋味……朋友或长或短，总是被一些生命中莫名的镜头所占据，麦浪滚滚中的一条小路，成为我追忆这位青春朋友的一个镜头。

经历了岁月的一轮回又一轮回，我们的朋友看似很多，事实上却很少很少。有些朋友的存在是与你分享形而上生活的，有些朋友则是与你分享形而下生活的，在两者之间，很少有形而上或形而下相互兼容的。

在二十多年以前的鲁迅文学院，我和迟子建曾同居一室两年多。当时，我们的生活很单纯，除了上课之外就是写作。我们背对背地面朝墙壁而写作，我们都叫她为迟子，这是一个美好的名字。我记住了迟子的故乡塔河县，那是黑龙江省靠近漠河的一座寒冷的县城，而我则来自西南边疆的另一种县城。迟子面朝墙壁,那时候她喜欢使用每页有五百字的稿纸写作中短篇小说,我则喜欢在黑色的笔记本上写作诗歌……那是我人生途中最美好的一段写作记忆,如果细听,可以听到两个人的钢笔在纸上落下又扬起来再落下去的声音;如果细听,能感觉到两个人的心跳声游荡起的语词……除了写作外,我们会在周末乘公交车到王府井书店买书,到中国美术馆看画展,到东四吃小吃。由于当时鲁迅文学院环境的限制,我们会带上浴具到附近的国棉厂的公共浴室去洗澡……我记忆中的迟子是最美的女作家,她的嗓音充满北国冰雪般干净而晶莹的旋律,她喜欢穿长到膝头的裙子,她肩上永远披着一头乌黑浓密的直发,而她的眼睛,明亮中有一种神秘的力量……我们曾在两年的时光中写作并生活着,度过了那些有泪光也有欢笑的时光,在形而上和形而下之间,我们曾有着自己身体中长出的翅膀,在各自的语词中飞翔。同时,当我们在二十世纪八十年代末期与九十年代初期的珍贵时光中,有着我们在形而下生活的种种刻骨铭心的记忆。谢谢你,亲爱的迟子,写下这些文字时,仿佛又与你面朝墙壁而写作,你的钢笔声穿越着稿子纸质,仿佛又回到了我们在东四的黄昏分享小吃的情景……而你,永远是来自中国北方的女神,祝愿你永远美丽吉祥!

朋友,他们稀少,是大地上的矿物质,是枝头的露水,是宽广的海洋……有这样一位朋友,她离我也很近,每当我遇到悲伤的事情时,第一个想到的就是她。这时候,我的身体中充满了数之不尽的阴郁。啊,阴郁,你们无法触抚到另一个我,在某个角落的我。我浑身战栗地拿起手机给她打电话,电话那边的她,总是能在我发出来的第一个语音之中,感受到我的心境。我听到了她的声音,她是我在这个世界上最信赖的女友,我的所有秘密的滋生或灭寂,都可以告诉她,包括生活的荒芜和现实累积的所有焦虑都可以在第一时间转述给她。她是这个世间最仁慈和耐心的聆听者。当我打通电话后,我开始了表达,电话是用来表达的,无论这些表达或长或短——都是用来表达的。当我发出了语述声,就仿佛是我射出了箭,它将穿越瞬间升起的距离,它将抵达,无论这枚箭中带着露水还是剧毒,它终将抵达一个该去的地方。她接受了这枚箭镞,并抚慰着上面的露水和剧毒。我在电话的另一边能感受到她的仁爱,无论我的倾诉是风暴还是秋风,她总是能敞开怀抱接纳着。除了电话,我们会在某座公园、咖啡馆静坐下来。除了她,我从来没有如此倾诉过,她或许就是上苍赐予我的倾听者。当我的语述用来面对她时,我似乎是面对亲爱的神在倾诉或祈祷。这样的朋友,一生中只有一个,再无他人。她除了倾听,总是有一种能力抚慰我,并游荡在我的内心,让我再次勇敢独立而自由地上升,去经历世界上那些美妙的时间的磨砺。

朋友，是除了自我之外，移动在我们身体之外的另一些光影。是他们的存在使我们成为原始森林中不断成长中的一棵树，我们在风雨和阳光中成长着，有时候会将枝叶垂向旁边的另一棵树。我们低语着，共同抵挡着天空中的风暴，同时也在共同分享着从树篱之上垂照我们的阳光。朋友，是彼此的朗照，它让我们感知到了自己的缺陷，并为此借助朋友的那束光，照耀着自己。

有时候，你一生都在寻找着一位朋友，无论他是什么样的性别，你好像总是在人生旅途中等待他们的降临，这是一种无限神秘的等待吗？我不仅在写作中等待着，同时也在生活中等待着这样一位朋友的降临，他们在哪里呢？他应该在我的写作中出现吗？那么，他应该是我小说中的人物，最好是作品中的主人公，我将人生所有的精神之旅寄寓在他身上，就是为了完成我的一次美学探险。这是一种依赖于幻境所追索的目标，每一次写作，书中的男男女女，理所当然都是我的朋友，他们从语言中诞生，替代我的美学、人性、时间，从语言的舞台上跃出来，他们是这个世界上我可以在自由中创造的朋友圈。这是我精神之旅中，一直陪伴我前行的朋友，我们就这样在语言中相遇，去迎接世界上那些未知的故事和舞台。

朋友，就像一阵阵耳语，你能倾听到他们的声音时，说明朋友就在你身边，要相信，无论他们距离你有多远，他们总是在你身边的田地里劳作，在你旁边的房间里生活着。有朋友真好，看吧，在那云朵的变幻中，你的朋友来了，他们来了。他们是为了你的存在，渡过河流而来的，他们是因为某种风暴的降临而来的……他们已正在来的路上，透过云穹之光，可以看见他们脸上的光，透过大地尘埃，可以聆听到他们穿越尘土的脚步声声。

噢,垂下头来,我温柔的伙伴
唯有你陪同我从栖居到飞翔
让我栖在树林 又飞翔到天空中去吧

2019年. 渔男

情书

情书是写在纸上的，只有写在纸上的情书，才能存放在时间中。一个拥有写情书的时代是值得回忆的，但要回到那个时代也是艰难的，除非你的某一只箱子里，有一些装在信袋中的情书，还有抽屉也是存放情书的地方……情书的诞生，与时代相关，在一个没有互联网络的时代，情书类似风筝，一个人手里紧攥着圆盘，将线一点点地借助风力往天空中飘去……飘得越远，就说明放风筝者已经实现了某个境遇。

情书是属于青春的，更重要的是属于一个没有网络的年代。二十世纪八十年代是产生情书的一个最好背景，也是我们这一代人绽放青春的时代。情书产生于距离，产生于没有翅膀所传递絮语的时刻。我仍记得，第一次收到的情书是夹在一本书中，那是福楼拜的《情感教育》，是一本新书，从邮局寄至我手中的新书。那一年我刚进入十八岁，体重五十公斤。我的青春是羞涩的，我们那一代人的青春是羞涩的，刚跨进十八岁的青春也是羞涩的。拆开用牛皮纸皮装得很好的一只包裹时，里面有一本书。

书，尤其是二十世纪八十年代从邮局递到我手中的一只包裹中的书，无疑是那个年代最好的礼物。二十一世纪的很多礼物奢华而缤纷，很少让人产生惊喜。书，只有当你手中没有手机屏幕时才会弥足珍贵。小心地用剪刀拆开包裹，因为要拆各种信件，之前，抽屉中已经准备了一把黑色的剪刀，多年以后我写下了短篇小说《缓缓张开的剪刀》，大约是与这把剪刀有关系。剪刀是缓缓张开的，八十年代对于我来说，是丰富而美好的，其中，从邮局给我带来的惊喜或意外，是在剪刀缓缓张开后呈现的。

那一天，一本《情感教育》中间夹着一个牛皮纸信封，需要我再次动用剪刀。就这样，里面出现了一张折叠好的纸页，伸出年仅十八岁的手指，人生中只有十八岁女孩的手指纤细如大提琴的弓弦，那手指白皙柔软，未被雷电触及过，也未被锋刃划伤过——那应该是最完美的手指。这纤细的手指抽出了信封中的纸页，一股奇妙的味道从铺开的纸页中小心翼翼地逸出。这就是我收到过的第一封情书，蓝色的钢笔字同样在小心翼翼地倾诉着他对我的感情，这是一种含混不清而又胆怯的倾诉……就像永胜县城的黄昏，掩饰着一条条街头巷尾中的原形，你走在其中，看不到它们最为真实的模样。

这是我迄今为止收到过的第一封情书，其隐喻夹裹在福楼拜的长篇小说《情感教育》中，这恰好是我当时最为喜欢的一本书，而写情书的人竟然没有留下名字或地址。这是一个谜，直到如今，我仍未猜出写情书者的名字。因此，这是一封没有留下姓名的情书，它令我的十八岁战栗，它的功效在于让我第一次感受到了情书的存在，它起到了迷雾般的作用。在较长一段时间里，我就像一名侦探推理着写情书者的姓名身份，同时也研究着笔迹，以及在我生活中来往异性的可能或不可能的迹象，然而，这封情书只是一个谜，它的作用就是沉入我生命的时间中去，永不露出真相。

当我学会自己写情书时，无疑与初恋有关。世界上所有的初恋者将怎样度过他们的初恋时光，在一个没有互联网络覆盖全球的时代，写情书无疑是除了耳语之外另一种选择。尤其是初恋者相隔很远的距离时，情书无疑是从我们手中握紧的圆盘上，朝着辽阔无垠的天宇旋转而出的风筝……

我开始自己动手制作信封，买来了牛皮纸和胶水后需要一个闲暇的星期天，需要一种情绪，它是从内心中跃出的一股抑制不住的火焰，但必须不让它快速地燃烧，因为燃烧过快就会变成灰烬。于是，我们寻找到了用情书抵御火焰变为灰烬的残局。给一个离你很远的初恋者写情书，意味着你的情绪是浓烈的，类似于青春绽放时果园中的枝干上生长的苹果、桃李，它们在生长中蕴藏着甜味的果浆。

往信笺上写情书时，你应该是这个世界上最为幸福的恋人，你拥有了倾诉的激情，爱神赋予了你权利。在一个春光扑面而来的日子里，我写下的情书中出现了窗外云朵的浅蓝色。我坐在窗口写着情书，万物均在秘密生长，而我的每一行句子仿佛都在跟上万物的神秘规则在秘密生长中，在那个春天的情书中，我写出了树上的嫩芽，甚至也写出了一场春雨之后，我的喜悦和露珠上晶莹剔透的迷茫……

在夏季写情书，总是离不开烈日、雷电、暴雨这些周转不息的天气预报。我握着一支黑色的钢笔，写情书之前，我一定会为这支钢笔吸满蓝墨水，二十世纪八十年代好像还没有黑墨水……就像那个朴素的世界里，看不到互联网的屏幕。因而，我们是那个时代最为幸福的人。我坐在窗前开始写情书，一场暴雨临近前夕，天空会迅速变得灰暗。多好的天幕啊，相隔如此遥远的距离，我在情书中写下了划破地平线的一道银色的闪电，我写下了暴雨来临前夕，我内心的思念……

秋天，无疑是书写情书者最好的季节。在坐在窗前写情书之前，我刚刚分享过了山坡果园中成熟的果实，我还站在摇曳着满坡向日葵的地方，让自己身心融入了一棵棵燃烧的向日葵的宣言，那些阳光般灼热的宣言令我激动不已。当我坐在窗口写情书时，我写下了秋天与我相互缠绵不已的场景……我写下了那些成熟果实的味道，写下了秋天即将到来的寒瑟……

冬天写情书时，会让身体渐次变得温暖起来。在万物萧瑟中坐在窗前，偶尔下雨会很兴奋，南方是很难下雪的，但那个冬天却有雪花飘至信笺上……对了，信笺很重要，八十年代的信笺很单一，但很雅致，现在一想起来，那一本本没有图案花纹的信笺本上只有一条条淡淡的蓝或红的横线，它仿佛是某根从身体中绵延出来的血管……是的，冬天虽然寒冷，书写情书者却是温暖的。

情书写好后就要奔向邮局。我记得自己穿着一双黑色高跟鞋穿过了那幢我们居住的老房子，我在那幢老房子住了三年，并在里面写了三年情书，那是我生命中最珍贵的时光。从外形看那幢老房子仿佛一枚绿色的老邮票，那是永胜水电局的一幢老房子，我当时是水电局的打字员。我和几个刚参加工作的女孩住在老房子中，我不知道这幢老房子是在什么样的情况下建盖的，它使用的材料中没有钢筋水泥。尽管如此，它的外形就像一枚历经了时间的老邮票，或许这是上苍的安排，那个时代我们每个人都似乎有书写情书的需要，或许是因为距离，更多的是源自青春期的孤独和寂寞。

在一个还没有互联网的时代，我们不由自主地热爱上了纸笔。有一天，我推开旁边女友的房门，发现她正端端正正地坐在书桌前写字。现时代的书桌大多数都已经失去了它的功能，书桌成为一种装饰和摆设，很少有人会坐在书桌前看书写字。我的女友很漂亮，她并不忌讳我的在场就告诉我她在给男朋友写信，她的男朋友在西藏当兵，她每周都会给在雪域高原的男朋友写一封信……她的钢笔字很纤细，每个字形都像她自然卷曲的发丝，仿佛在微风中飘忽着抵达遥远的地方。她的信笺纸是从大理买来的，每隔一段时间她都会乘上弟弟的波兰大货车到大理去买衣服，另外就是去买一种纯粉红色的信笺纸。她就是喜欢穿着摩登漂亮的衣服，坐在书桌前往粉红色的信笺纸上写情书——那三年，对于她来说除了上班外就是给那个远在西藏当兵的男朋友写情书。就因为写情书，我们成为同谋，我和她经常相约去寄出情书。前往邮局的那条路不远不近，我们总是会在去邮局前,把自己打扮得漂漂亮亮,然后将写好的情书装进包里,穿上尖细的高跟鞋后我们开始手挽手下楼,仿佛是那幢类似老邮票房屋中的两个年轻的信使。我们手挽手朝着邮局走去,整条街巷中都似乎弥漫着我们的发丝香波味。来到邮局后因为跟穿绿制服的工作人员很熟悉,我们会请她将所有邮票拿出来,那时期我喜欢上了一枚有白鹤图案的邮票,我的女友则喜欢上了一枚有白雪冰川的邮票……

此刻,我想告诉你的是,邮票也是我们为之向往的一种神话,它寄寓着人性无法完成的东西,在每一枚邮票的图案中都潜藏着历史事件以及自然万物的形象。那枚印有白鹤展翅高飞的邮票成了信封上的信使,它仿佛就是我身体中未能长出的一双翅膀,替代我前去飞越千山万水,将情书交到另一个人的手中。我的女友则喜欢那枚铺满了白雪冰川的邮票,因为他的男朋友就在西藏当兵,她或许在这枚邮票上已经看到了男朋友生活的背景。往往是这样,当邮戳落在信封上时,我们才离开邮局。情书交给了邮局,仿佛就交给了天空中那只高飞的白鹤,我的心绪是如此干净祥和而喜悦。这时候,只剩下了等待情书的时间。

情书是互换的,你邮寄出的一封情书当然会换来另一封情书的降临。二十世纪八十年代的我们真的很幸福，因为有情书相伴渺茫的青春期。我记得八十年代给我写情书的三个人的名字，乃至他们的形态尽管已经在时光中远逝，却化作了一封封情书的叙事。给我写情书的三个男人，几乎是在同一时期给我邮寄出了一只只信封里的情书。第一个男人，他是一个画家，他总是在外出写生绘画时给我写情书，他的每一封情书都是写在速写本上的，他使用碳素铅笔给我写情书，每封情书中他都会告诉我他所置身的地点位置。有一次，他在景德镇的窑洞前烧制自己绘画的艺术品，他说，他正守候在窑洞外面给我写信，他正将速写本铺在膝头前给我写信……除了给我写信，他会给我邮寄很多当时在小县城根本就无法买到的书籍。我能听见他写完信后，将那页速写本上的纸撕下来的声音，他用粗黑的碳素铅笔给我写信，写了很多年的信……

第二个给我写情书的男孩当时正在艺术学院上学，他每天都给我写信，他用浓烈的钢笔给我写信，用分行的语言给我写信，信中有他在大学校园中的部分生活。当然，他谈论得最多的就是艺术诗歌以及对一个青春期女孩的爱恋……

第三个给我写情书的男人跟文学艺术没有多少关系，但他总是会给我写信，在他认识我之前他早已有结婚的女友，奇怪的是他仍然用毛笔字帖给我写信……

这三个曾经给我写过情书的男人后来都在我生活中消失

了。我后来从自己和另一些人的故事中总结出了一种游戏规则，互写情书的男女关系，都没有结果。包括上面那个将情书邮寄到西藏的女友，最终嫁给了另一个男人，一个开波兰大货车的男人，我还参加了他们的婚礼。

多年以后，我离开了那幢像旧式邮票的老房子，我离开了让我坐在书桌前写下一封一封情书的永胜县城，我不再给任何人写情书，那条通往邮局的飘满我和女友发丝香波味道的街巷成为回忆。

多年以后，我在辗转中来到了省城生活。在一次清理书籍的搬迁中我又一次发现了箱子中装满的情书。那是一个细雨绵长的季节，我找到了火柴，开始焚烧那些信封里的情书，这或许是最为愚蠢无聊的行为，不过，焚烧已经开始了……我花了整整一天的时间终于将装在一只黑色手提箱中的情书化为了灰烬。我不知道为什么要焚尽它们，总之，这件事情就是发生了，之后，黑色的箱子里再无一封情书，我生命的叙述中再没有情书在窃窃私语。我亲手结束了二十世纪八十年代的情书逸闻，再之后，另外一个时代降临了。

多年以前，一个朋友找到我，将一个装有情书的牛皮纸袋子交给我说，让我替他和她保管一下这些信袋中的情书。我了解他和她之间的全部故事，而且我是他们的好朋友。所以，我没有拒绝，收下了那只用层层叠叠的胶带纸密封好的牛皮纸信袋。这是我家里唯一的情书，而且是为朋友保存的情书。他和她的故事早已结束，在我为他们保存情书之前就已经结束……而他和她的情书仍然私密地存放在我书柜中，仿佛在大海中占据了一座孤岛……每次收拾书柜，都会看到那堆情书，在它里面仍保存着他或她诸多的纠缠，而他们的故事在结束之后，只留下了这只牛皮纸袋中的情书，这是唯一的证据吗？有许多次，我擦着纸袋上的灰尘，他们大约早就已经忘记了这堆情书，在彼此间的忘却中继续着另外的生活，而这堆情书却悄无声息地存在着。

写下情书的人，忘却了他们置身其中时的故事，同时也忘却了情书中炙热的语言，动荡不安的爱恋……有时候，写在纸上的文字确实要比故事更为长久……我想着他们的故事，仍在为他们保留着这些情书，在书柜中有它们的位置，尽管这对情人已各走各的天涯路……当我每次与他们相遇时，很想提醒他或她，有一袋情书还在我书柜里，然而，每次与他或她相遇，感觉到他们早已忘却了对方，言谈中温故的都是当下的生活，于是，我就再也没有开口。

写情书的时代跨越了我青春期的十多年时间，在那个没有互联网的背景中,写情书呈现出了作为人生命中的爱恋。尽管这些来自青春期的爱情故事,早已烟消云散,然而,直到如今,我与女友手挽手去邮局的那条路上,仿佛仍在弥漫着我们发丝间的香味……写情书的时代已经过去,每每回忆那些曾经给我写过情书的青年,看到的只是他们越走越远的背影……而每每回忆着那些曾经被我亲手焚烧的情书,内心就会涌起一种冰凉的刺痛。

情书　95

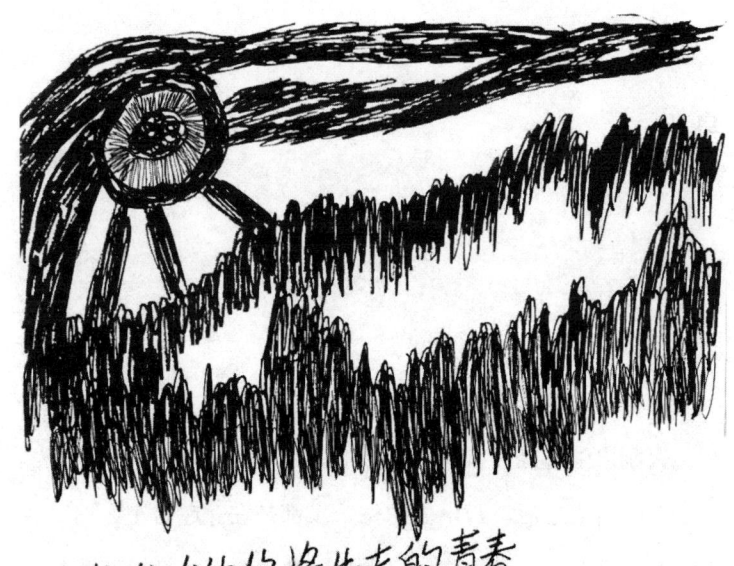

献给我们终将失去的青春
定在波涛汹涌中抵达陆地
在如此漫长的旅途
我们并没有错过路上的风景

海男2019年

身份

我们有身份,这是命运赋予我们的标签。

人刚出生时是没有身份标签的,是时间赋予了我们身份。一个人的出生之后,跨出去的每一步都是在穿越时空之谜。我小时候并没有想要成为作家,最早的梦想是开拖拉机。我们所生活居住的金官公社院内停满了拖拉机,而且还有三个女拖拉机手,她们二十岁左右,身体修长健康,由于天长日久在外皮肤油亮油亮,仿佛是青铜的色彩,但在我看来却是很美丽的。那是二十世纪七十年代初期的美丽,是纯粹自然气息的美丽,在她们脸上看不到任何一种化妆品的痕迹,而且她们都身穿蓝色的劳动布衣裤,乌黑的辫子垂在肩上,非常神气。我总是想方设法靠近她们,有一次竟然有机会乘坐她们的拖拉机进山拉石头，我坐在一个女拖拉机手旁边，嗅着她身上散发出来的那种太阳的气息。一个理想诞生了，我想在将来成为一个女拖拉机手，像身边的这位姐姐一样开一辆红色的拖拉机到山上去拉满车的大石头。

再后来，公社来了招兵的解放军，他们就住在我们对面的招待所里。我那时候只有十二岁，看着他们的军装真是太想当兵了，如果当上兵就能穿上军装了……我尤其喜欢他们的军帽，因为整个七十年代都流行穿军装戴军帽……我年龄太小，还没法当兵，不过我用一本《野火春风斗古城》跟一个喜欢看书的解放军大哥哥换了一顶军帽……有很长时间，我梳着两根辫子，头上就戴着那顶军帽……这是我人生中的第二个理想，有一天穿上军装到很遥远的军营去生活……

女拖拉机手和穿上军装的解放军都是两个不同的身份，正是他们的身份吸引着我，当我饱含着阳光成长时，仿佛在梦想中很快就会成为一名女拖拉机手，穿上军装的女兵……有很长时间，我一直沉浸在这两种交叉的梦想中生活并成长着。确实，我从来也没有想要成为一名作家，在我生活成长的小镇，我虽然读过了《野火春风斗古城》《小城春秋》《钢铁是怎样炼成的》等书籍，然而，作家离我是遥远的，写作的枝蔓还没有拂动我的面颊,我的心跳声还够不到那些神秘的语词……因此,唯有来自现实的人或事会滋生我的理想,我离作家这个职业和身份中间还相隔无数看不见的屏障。

所谓身份,是从我们命运中转换出来的一个命定的符咒,它突然在我们向前行走中与我们相遇。所以,青春就是行走,朝着家门外的那一条条布满迷津的道路往前走,因为只有往外走才会遇到你的命运,也才会遇到那一道道来历不明的符咒。我之所以没有成为一个女拖拉机手和穿上军装,是因为我们离开了金官公社的区境。迁徙的路并不长,只是从小镇迁往了县城,转眼间我就看不到那几个开着红色拖拉机的姐姐了,我再也看不到她们黝黑发亮的面颊,也嗅不到她们身上那种来自太阳的热烈气息;转眼间,招兵的解放军离开了,尽管我头上还经常会戴着那顶时髦而流行的军帽,但随同我的离开,我已经参加了工作……之后,等待我的是什么?

如果那些年我成为一名女拖拉机手,我就会穿上蓝色的劳动布裤去山上拉石头,拉很多很多的石头,我的皮肤也会变得黝黑发亮,身上也会散发出来自太阳的气息。如果我那些年穿上了军装,我就会去到一座很遥远的军营。然而,我无法去实现这两个理想,却来到了县城工作,之后,是命运让我遇到了一次大规模的读书,来自永胜县图书馆的藏书,里面有雪莱诗集、拜伦的长诗《唐璜》《三个火枪手》《悲惨世界》……那是我生命中首次体验到的最美的图书馆之一,正是这座图书馆使我的十七岁迷失其中,面对着天穹下的图书馆,看到了天堂的模样。另外,就是来自永胜县新华书店的新书,使我开始了个人生活史上的藏书,使我在单人房间里有了个人史上的第一座依墙壁而立的书阶……读书以后,世界完全变了,曾经想开一辆红色拖拉机的梦想,逐渐地离我远去,曾经想穿上军装到军营去生活的理想逐渐地离我远去……

随同那些生命中充满幻想又破灭的理想离我远去之后,我已经开始笔记本上的私密写作,但即使是写了很多东西,仅仅是一种爱好而已,我那时的身份是永胜县水电局的一名打字员,再之后是永胜县文化馆的一名馆员……再之后,我因写作而再次迁徙到了省城后,又成为云南人民出版社的一名编辑。逐渐地,因发表了大量的文学作品,人们介绍我时,赋予了作家诗人的称谓。

一个人在向前出发之后,事实上就是在寻找自己的身份,无论是接受几十年的教育读书乃至于漫长天涯的漂泊,都是为了确定自己的身份。当我们谈论别人时,先前总是在围绕他们的性别身份而展开，无论他们是医生、律师、园丁、护工、银行职员、会计师、图书管理员、军人、教授……先是有了他们的身份，我们才会界定他们的人生故事和游戏规则。

即使是拉三轮车的工人，也有他们的身份。他们除了吃饭睡觉之外，总是脚踩一辆三轮车，寻找着机缘。我认识一位拉三轮车的中年男人，每到我订制好画框以后，帮助我做画框的那位师傅都是请他将我的画框送到画室。他抱着我的画框来到画室，会将新画框依墙壁而放下。他很快乐地蹬着他的三轮车，每天竟然还很忙碌，我留下了他的电话，有事时就会请他。这位三轮车师傅的身份当然是明确的，我们想到某个人时，自然会想到他是干什么的，这就是他的身份，这位来自云南昭通巧家县乡村的中年男人，来省城已经几十年了，他竟然在几十年里就一直用一辆三轮车谋生。而且看上去他很快乐，每次见面都无忧无虑。因为，他通过拉三轮车，已经在老家盖了一座大房子，他很满足，拉三轮车，使他跑遍了每一条小巷道，使他认识了更多的世界。

有些身份从青年时代开始就贯穿了我们的一生，就像我自己的故事，有许多人问我为什么写作，又为什么成为作家？在他们眼里，我的身份就是作家，其实除了写作之外，在多年以前我曾经是永胜县水电局的一名打字员，这是我在青年时期的身份。那时候,我还不是一个合格的作家,要成为一个合格的作家,必须历经时间的锤炼。之后,我又成为文化馆的馆员、出版社的编辑,在我的人生档案中,是没有作家这个身份记载的。当然,再后来,我的书有了读者,有了传播力,每次出书时书中都会附有我的一份简历。简言之,时间赋予了我写作的历史,我的作家身份就像语言镶嵌在我的身体之上,我开始有了作家的身份。

所谓作家的身份,就是以写作为生命的核心,用其时间的流逝来进行写作的那些人。没有时间就无法彰显个人的身份,就像山冈上成片的树刚刚栽下时大体都是一样的形状,看不出每一棵树几十年后的命运。它们扎根在泥土中,开始往上长,同时也往四周伸展着枝干……数年以后,当你再次来到这片山冈时,就会看到每一棵树的生长境遇:有些树怎么也无法长高,也许是它们生长的地方土质阴阳不平衡;有些树已经夭折了,只留下它们的一些干枯的根须;而更多的树气象万千,骄傲自如地披载着硕大的绿色枝叶。你看到了每棵树的历史,同时也看到了它们存在的身份。如果给山冈上每一棵树命名并描述它们的形姿、生长状态,你就会感觉到世界上确实没有相同的两棵树,也不会有相同的两个人。

何日可以确定我们的身份？并怎样将自己的身份延伸到时间的尽头？我有一个外科医生朋友，他医学院毕业后，最初分在云南边僻的小镇医院，那时候，他已经是一名年轻的外科医生。但仅仅有了这个身份只是一个开始，他在这座大山深处的小镇医院开始了进一步探索人体的结构，他解剖着人神秘的肢体，研习着永无止境的医学。之后，他从小镇医院调到了县医院，又从县医院到国外进修后调到了省医院……他一生始终就没有离开过他的外科专业，每次见到他，当然都是在医院，这个世界恐怕就没有任何人喜欢去医院。当然，这个世界上也没有人一生可以完全脱离开医院。世界总是公平的，生命万物都会生病，这才是现实。每次生病时，我都会去见这位外科医生，首先，是他的身份使我充满信赖感，其次是他的医学……尽管他是外科医生，但在他的牵引下我会寻找解决问题的方式，每次只要去面对医院，看见他的白大褂，似乎就充满了安全感，这就是身份带给我们生命的慰藉。这位外科医生，一生都坚守在他的岗位上，他的身份永远是一名外科医生。

身份，每个人都有身份，当身份未确定时，说明我们正在茫茫迷雾之中穿行，这是孤独而无助中的穿行，神给了我们身体就是用来探索时间之谜的。而当身份开始慢慢确定以后，我们仍然在另一种迷雾之中往前走，只有走得更远，我们才知道我们到底是谁、生活在这个世界是为什么而活下去的。

　　活出一种身份来，从而战胜了又一段迷雾，当我们开始从事某种职业时，这说明我们开始有了自己的身份。对我自己而言，写作已经成为不可舍弃的身份。当农夫们清晨奔向庄稼地时，我同样也在曙光初绽时奔向了写作。

　　能够始终如初地只做一件事，就拥有了长久的身份。尽管如此，这个世界上一生只做一件事的人是很少的，更多的人，他们经常变幻着自己的身份。这是世界不安定的因素，它降临到了芸芸众生者身上。二十一世纪，现代人的身份变幻莫测，你今天还是酒吧里的调酒师，明天就已经变成了葡萄山庄的守候者……在无常的变幻中，众生只有以积极的人生态度，去面对生活时，我们才可能寻找到等待我们的下一个身份。在战乱的年景中，众生要么在战场上冲锋陷阵，要么在逃亡的人群中慌乱奔逃；而在和平年代，有无尽的变幻莫测在改变着我们的生活方式。

　　我写下了一个语词，是为了寻找到可以互为相辅的另一个语词……总之，当我坐下来写作时，我的身份已经明确，在小小的写作间里，没有他人的呼吸声调，只剩下了我自己。田野上的青麦就是在日或夜的交叉时间中变黄的，一个男人或女人的面孔就是在彼此相视中变老的……一本书是从第一个语词开始后抵达终曲的,绚丽多姿的玫瑰花始终为爱情之浪漫之花,当它变萎谢以后,我们可以从它的死亡中感受到爱情的萎败。

身份,我们的身份,给予了我们存在的标签,但以此等待我们的将是持久的穿越。走在大街上的每一个人都带着自己的身份,他们因拥有了身份,便开始劳动工作。当你面对一个陌生人时,并不知道他的身份,为了某种原因,你得接近他,你首先得了解他是干什么的。事实上,这就是为了获取他身份的某个标签。在了解了他身份之后,你才可能用你自己的方式与他交流接触。拥有身份证,大都已经是成年人。世界是公正的,每一个成年人都带着自己的身份,无论他们是高贵还是卑微,都是大地上的庶民,都拥有自己生存活着的根基,并同时拥有自己的道德理念。

在滇西的腾冲,我曾访问过中国远征军的一名老兵,他年仅十六岁就参加了远征军,并来到了缅北。战争结束后他带着手臂上的一个枪眼回到了老家。战争结束了,他开始了世俗生活,首先是结婚生子,之后就默默无闻地在腾冲高黎贡山脚下的小村庄里生活着。当我见到他时,他已经八十多岁,当我谈到那场战争时,他的眼神又开始明亮起来。他撑着拐杖回到了屋里，几十分钟以后，他拎来了一只箱子。这是一只被烟熏过的箱子。他的小儿子告诉我们说，箱子最早时是放在火塘边的，自他出生的那天起就看见了那只箱子，父亲每天都会从箱子中取出他当年穿过的中国远征军制服，取出一顶钢盔圆帽，取出一条皮带，取出一只军用水壶，取出一颗子弹……这些东西都是父亲穿过的衣服，戴过的钢盔圆帽，系过的皮带，斜背在肩上的军用水壶，从手臂上取出的一颗子弹……父亲每天晚上坐在火塘边总要打开箱子，将里面的东西取出来。起初，父亲的几个孩子都会坐在旁边，聆听父亲在缅北战场与日本人打仗的故事；后来，孩子们都长大了，耳朵上仿佛都已经长出了茧，父亲也很知趣，便合上了箱子，不再讲那些老故事了，而那只黄色的箱子也渐次被烟熏黑了。之后，父亲不再将箱子放在火塘边，而是将它放在了枕边。父亲老了，他不再絮叨他的故事，只有外面来人时，他才会将箱子重又拎出来。

这一次我们是坐在屋外的庭院中，因为知道了我们的来意后，这位八十多岁老兵的眼睛重又开始变得明亮起来。他又重新找回了自己，由于高兴激动，老兵竟然在儿子的帮助下穿上了那套中国远征军的戎装……他找到了年轻时代的自己，找到了他的身份……那个年仅十六岁就穿上军装赴缅北战场的少年重又回到了现实中，这一幕使所有在场的人们感慨不已。事实上，无论时光怎样变幻流逝，这位八十多岁的老兵仍生活在缅北战场。简言之，那段时光无疑是他生命中最精彩的岁月，他在时间中永驻于那段年华，守候着箱子里的物品，是在守候着他中国远征军的身份。这位老兵，就生活在高黎贡山脚下的一座美丽的小村庄里。他正在平静地度过余生，我深信，那只被烟熏黑的箱子里，装满了值得他回首骄傲的故事。有那只箱子相伴的人生，是令人宽慰的。

　　人的身份就是如此奇妙，曾经经历的一段往事，成为一生中最永恒的传说。

镶嵌在某物深处
随同无所不在的地心引力的
磁铁 我们继续往前走

海男 2019年

琐碎

倘若生活中没有琐碎,我们是否能活下去?

我们置身在琐碎中,除非你是神仙,才有可能游离在琐碎之外。然而,难道神仙们就真的没有琐碎了吗?

那是我出生并生活了很长时间的滇西小镇,每天凌晨,母亲总是起床很早,她先是将柴火围在一只炉子里,等到我们起床时,就看到了炉火在咝咝声中燃烧着。母亲正在台阶下用扫帚清除着院子里的角落。我在小说中多次借用了这座院落中的场景:两棵紫薇树大约已经有百年的历史了,百年就是一个世纪,百年之前我还没有出生,但我可以从两棵紫薇树躯干上看到百年的时光。两棵紫薇树的树冠直抵天空,由树身中生出的一节节枝干就像弯曲的溪流。每当紫薇花绽放时,满树的繁花使院落中仿佛顿生喜气。鸟儿飞到了树丫中筑巢,我曾爬到树上看到了那只鸟巢中刚刚出生的几只幼鸟……花开后必有花落的时刻,我发现只要有风吹来,花落得就很快,尤其是当我从又有风又有雨的早晨醒来后,推开门就看到了满地的紫红色落英,还有白色的鸟粪……而我的母亲就站在紫薇树和另外两棵石榴树、柏树下面,弯着腰在扫着角落……后来,我渐长大,就学会了早晨起床后陪同母亲生炉子,还陪同母亲清扫角落。

在这里,我想说的是从我开始用手点燃火柴时,我已经介入了生活。炉火燃起来后要支上锅,那是一只过去时代流行的铅制锅;要在锅里放上水,等水沸腾后就煮上面条。我还模仿母亲找到了墙角边的扫帚,开始走下台阶再弯下腰,从那一刻开始我就向母亲学习扫地的技能。从生炉火到扫地这两件不同的小事上,我开始面对生活,生炉火是为了煮面条,我们吃了一碗面条之后,就背着书包去上学了。清扫院子里的残枝落叶,使院子里变干净了……这两件平常事日复一日像呼吸和空气伴随我的生活,这是称之为生为人而琐碎的一部分。

倘若没有琐碎,我们就没有家,没有物事,亦不可能拥有生命所存在的具象。

从搬迁中就可以陈列出一场关于生活的琐碎场例。

年轻时我们搬家,只有一两只箱子,而且箱子里除了书籍就是自己换洗的衣服。那时候的箱子拎在手上时很轻盈……是的，生命中只有青春期的迁移，可以向着一群候鸟迁徙的方向飞去。在你的肩膀没有沉疴，在你的灵魂中还没有那些让你在彷徨中选择的舍弃或保留的物件……青春期短如恋人间手拉手的甜蜜幸福。之后，我们的箱子会越来越多……你无法计算年复一年、日复一日往居处添加书籍的册数，每一本书都像青砖陈列在书架中伴随你阅读冥思；你无法计算年复一年、日复一日往居处添加的衣物鞋帽棉絮的件数，它们来到了衣柜卧房，占据了一个个可利用的空间，为你而服务；你无法计算年复一年、日复一日往居处添加了多少盆景植物、米袋、厨房中的冰柜、洗衣机……它们说来就来，只要你一需要，它们就来到了某个角隅，默默地存在着。

当你再次迁往另一个地址生活时，你必须事先收拾家当。这是你面对几个房间中无数物件的时刻。首先，必须先将书房中的书从书架中取下来。这是一个愉快的时刻，你要先到附近的商店去买回曾装过物品的干净纸箱，然后花时间从书架上将书取下来放在纸箱中。书很沉，每只装满书的纸箱都像怒江大峡谷的一块岩石那样沉，如果将它沉入河流，它将在河底变成另一块石头。书很沉，要贴上标签，要用胶带贴好，否则它们会从灵魂中逃之夭夭。

除了书籍之外，还要收拾衣物、床上用品；还要收拾客厅的沙发、酒柜、厨房中的碗筷……在收拾东西时，还要选择物品的有用性，一些没有未来的物品一律舍弃……每一次迁徙都是人生中面对琐碎的历练，你必须去面对那些生活中每一个有可能被忽略的角落，在那些角落中陈列着早该废弃的一只有裂纹的花瓶，还有无数残缺的物件；你还将面对房间里突然增加的灰尘，尤其是当阳光涌进屋来时，你可以看见每一粒灰尘在光中飘动……

琐碎迎着阳光而来，浮现在我们生活的每个地方。简言之，没有琐碎就没有生活，正是我们眼前数落不尽的琐碎促使我们将生活进行下去。迁徙之路，随同年岁增长增加了更多的辎重，就像赶赴一场战役，有些辎重已经被我们抛下了，但更多的是属于无法弃去的东西。书籍是无法舍弃的，它是砖块，装在纸箱中将陪同我们远航。书籍的禀性是引渡我们前往新居处的灵魂，没有书籍的迁徙生命是脆弱的，无方向感的；碗筷家当是无法舍弃的，因为有了那些叮叮咚咚的瓷器声，才会诞生来自人间的烟火味；衣饰鞋帽也是无法舍弃的，它是我们肉身上的羽毛，修饰我们的形态，体现我们作为人存在的除了心灵之外的另外一种尊荣……

啊,琐碎,倘若我们没有琐碎,我们所迁往的新居就会像荒原一样空空荡荡。

每一次迁徙之后将面临着重新将纸箱中的书籍送往书柜,这是一项令人愉快的活计,你必须分门别类地将每一本书送到它该去的地方,每册书理所当然都应该拥有它们的位置,只有像人一样拥有位置,书才会在今后的日子里方便你查询阅读。之后,要将碗筷送到厨房,要将衣装鞋帽送到卧室,要将杂物送到杂物间,每一个看上去显得微不足道的物件,都要寻找到它们存在而合理的位置……这时候,位置显得很重要,只有给那些针线包、牙具、酱油瓶找到它们显现或隐蔽的地方,才可能为你而存在。

琐碎无处不在,你该如何去面对生活中的琐碎?

面对诸多无所不在的琐碎,我们会面带微笑还是满面烦忧?

从幼年开始我们就生活在琐碎之中,自从我模仿母亲学会了生炉子的火做饭之后,我还在每一个清晨学会了清扫院子里的落英。后来,啊后来……我们日渐长大后总要面对无数的后来。其中跟随父母一次次迁徙之路,让我们学会了收拾房间里的东西。我记得有许多次将一些东西丢弃的时刻,母亲发现了,又将那些东西找回来并自语道,那只铁锅还能用,能用的东西就要带走，能用的东西就尽量用，能用的东西就不能抛弃，能用的东西必须带走……我在母亲的自语中感受到一种咒语般的力量，同时也感受到了来自琐碎的捆绑……就这样，我从抛弃物的袋子里又将那只铁锅找了出来。

我们就是这样生活在琐碎之中的，如果没有琐碎，那只用了很长时间的黑底铁锅早就不存在了；如果没有琐碎的坛坛罐罐的碰撞声涌入耳朵，我们的生活就只剩下了真正意义上的色与空。

生活中，我们会经常埋怨别人说太琐碎了，或者说你不要那样琐碎好不好。确实，我们的生命在更多的时候之所以无法忍受最为真实的东西，实际上就是无法忍受太多的琐碎。生命是赤裸裸的，从母体来到人间后就有了襁褓，可以这样说，自从赤条条的肉身被襁褓裹住的那时辰，我们的琐碎人生也就开始了。之后，我们穿衣吃饭，哪一件事不需要琐碎的扶助？你的衣服缝好后还需要钉上纽扣，大米来到锅中后还需要火候煮熟……时时刻刻，我们就无法脱离开琐碎。

尽管如此，面对太多繁杂的琐碎，我们需要生活中的艺术。如何学会在波涛般汹涌而来的琐碎中游泳，确实需要来自艺术和美感的训练和牵引。

当灰尘飘忽在充满阳光的房间里时,你一方面感受到了来自阳光的明亮和温暖,另一方面,你又被那些肉眼也能看见的颗粒状的灰尘所折磨着:阳光游移在房间的每个角落,每到一处,那些颗粒状的灰尘就会在阳光中飘忽,当你伸出双手时可以触抚到明亮的阳光,而当你用双手想去捕捉灰尘时,它们却消失了。即使在怎样干净的房间里,你都会看到阳光中的灰尘在飘忽……这就是我们亲临现场的琐碎,我们无法彻底消灭阳光中游离的灰尘……那么,我们置身其中,享受着阳光的降临,同时也在观赏着一束束阳光中,轻柔飘忽不定的那些根本无法追逐也无法抓住的灰尘……在某一个时刻,你突然默认了这样的现状,你感觉到了阳光中的颗粒状灰尘仿佛长出了翅膀,它们是人世间更为纤巧的精灵,你看见了它们在一束束阳光中飞翔着……终于,琐碎的生活中产生了美学的愉悦。

做每件事都面临着琐碎,做一顿饭,事先要到农贸市场买蔬菜。你要准备好佐料,最为重要的是要从忙碌的时间中抽出做饭的时间,从你进厨房亲自系上围腰时,你就要开始在厨房的小世界里烧制你的菜肴。当一个人在小小的厨房中转动身体时,无疑是在沉溺于琐碎的艺术中。在多数情况下,走进厨房烹饪者是快乐的,当厨房中涌出油烟香味时,你已经在厨房的琐碎中完成了一桌色香味俱全的菜肴,你给家人和朋友带来了惊喜和快乐。

倘若生活中没有琐碎，我们的生命就无法编织自己光阴的轮回。琐碎看似令人烦忧，却是一门虚度光阴的哲学。当我的母亲在年复一年中开始衰老时，我看见了无数的琐碎并没有离开她，哪怕是她终于有一天不得不撑着拐杖行走时，生活中无所不在的琐碎仍伴随着她。每天早晨五点半，母亲就起床了，她洗漱之后就开始祈祷，哪怕她已经进入了九十岁，她的祈祷声仍是那么清晰。首先，她在祈请菩萨，我感觉到了大慈大悲的佛祖和菩萨已经来到了母亲身边，她礼赞着佛祖和菩萨的威力……之后，她会为每一个家人祈祷，这是一段分身份姓名职业出生的祷告。一个九十多岁的老人，她的思维在祷告中显得如此清晰缜密，每个亲人在她的祷告声中都变得如此鲜活生动，仿佛从现实生活中向我们走来，讲述着他们的现实和愿望……这是源自母亲的琐碎，一种从人性中提炼出的祷告声中再现每一个人的生活简史。每天倾听到母亲的祷告声时，仿佛在倾听着天书，这是一个平凡的女人经历了漫长时光以后，对她子女和亲眷们的祝福和祷告。这也是母亲开始新一天的第一桩非常庄严的仪典，这仪典只属于母亲，必须由她亲自完成。只有完成这场仪典后，母亲才会去吃早点，开始另外的生活。每天的每天，当我倾听到母亲结束最后一句祷告词时，房间里开始悄然无声,这是完全的静寂,仿佛母亲的呼吸声已经随她那些发自肺腑的祷词,被她内心信奉的天地之神带走了。

倘若没有琐碎,我们的生活该如何虚度?

琐碎是具体的,像是我们的指甲头发修剪后又长了出来。因为生活中有琐碎,我们的时间,我们珍贵而亲爱的时间,总是在为琐碎而虚度,其中,倾听别人的叙述也是虚度光阴的方式之一。我有一个女友,每次与我相约见面,我都要事先省出时间来,因为我知道,一旦我们相约见面,总是需要几个小时。见面的地点必须安静,最好是咖啡馆,这时候我们会找到一个相对僻静的角落还要坐在窗前,这个环境才适合倾听。要了两杯咖啡后,女友便开始了她那优雅的倾诉,她的语调永远不慢不快,开始说第一句话时,总是会用那只咖啡杯里的金属调羹轻柔地转动着,我看到了浓郁的咖啡色中小小的圈流,这不是河水中的漩涡,只是一只白色瓷杯中的咖啡色。

她微笑着,面对生活,她永远具有微笑的本能,而且她绽放出的微笑,不是装出来的,而是本能,一种从骨子里散发出来的微笑。当她开始倾诉时,我自然已经做好了准备,多少年来,之所以一次次地坐在她对面,做一忠实的不厌其烦的倾听者,是因为她的每一次倾诉都非常细致而深入地将生活,她所置身其中的生活重现在眼前,叙述中永远有她和一个个男人的关系。她是独身者，因而与男人的交往是在变化中进行的。

男人从一出场时，她就看见了男人的体态，那是一个个非常具象的人，简言之，当人出现时，他们都会带着过去的历史和当下的现实。她是一个非常敏感的女人，因为她非常注重细节。如果她是小说家，这些细节就是小说中有吸引力的地方，然而，她不写小说，这大约也是她喜欢倾诉的原因。她保持着微笑，并用优雅的语言倾诉着男人与她交往中的场景，这场景中有男人吸烟的过程，掏出钱包时的快与慢；有进入她卧房时的脚步声，有不经意之间暴露的一个小小的瑕疵；有男人衣领上未洗净的一抹淡黄色的痕迹，有男人伪装时的慌乱……总之，她的叙述能力非常强，每一个场景都有时间地点，甚至还有当时的天气状况……

倾诉中的她是一个介入者，她总是从那些显得多少有些琐碎的细枝末节中找到分析生活的证据……她的每一次倾诉都不重复，当然，也有与上一次倾诉的联结点。她的倾诉是生活最原始的真相，从那些看似琐碎的一个个细节中，我感受到了她与生活的联盟对抗包容，这一切使她微笑并优雅着。

琐碎，倘若生活中缺少琐碎，我们该怎样活下去？

每天的地总会脏的，衣服床单会脏的……诸如此类的生活使我们耐心地置入现场，当我弯下腰打扫房间时，会看见地板上累积了那么多灰尘……除了清理还需要舒坦的心理，因为在每一个生活的过程中都隐藏着琐碎。尽管如此，请随同我仰起头来，天空蓝得出奇，尘埃中奔跑着众兽，你看见或未看见的风中飘拂着它们身上落下的毛发，它将落入尘埃。请你别焦虑，所有低下头存在的琐碎要么会飞翔，要么会纠缠你的心结，这就是生活的艺术。

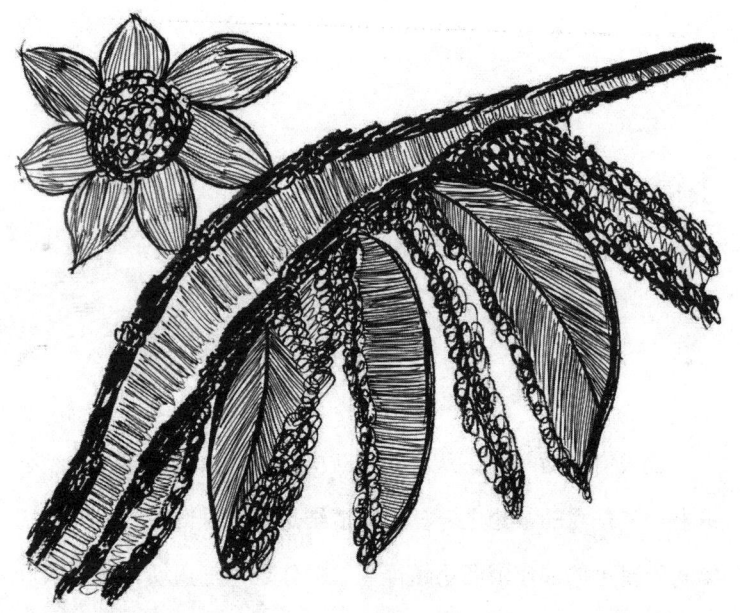

彼此辉映 从内陆到海洋
每一朵浪花 都是为荡漾你
每一个秘密 都是为了铭记你

2019年 渔男

小镇

我曾有无数个梦想从时间中跃出,用其余生安居在一座小镇上,它是我的梦想之一。小镇情结是从儿时诞生的。明洪武年间所诞生的那座滇西小镇,今天仍称之为三川坝。我十六岁以前的时光基本上是在这座小镇度过的,五百年前的将士将这座小镇筑造成为人居住的天堂,我们称之为天堂的这个词语,是佛教中的净土、极乐世界。

小时候,我们就居住在这座小镇,里面有小学中学——这是教育的学堂,有了它们的存在,才可以谈论起居饮食政治。学校是为孩子们修筑的殿堂,哪怕是多么荒僻的乡野间,只要看见了学校,就可以感受到天地的光明。一束束光焰就是从学校的围墙、屋顶大门奔涌而来的。

之后是街景中的铺面,打铁店铺每天都有火星四溅,在里面,我找到了熔炼这个词。几个三十岁以上的男子在火焰中探出头来,他们的脸呈褐色正渐次过渡到青铜器色……在这里,我们发现了小镇上最为古老的熔炼魔法下出世的铜器,当它们成为我们的生活用具后,光焰早就已经冷却了,剩下的只是冰冷的器皿。小镇有商铺,这些商铺都是从古老的时间中沿袭下来的,脱尽油漆的铺面有斑驳的痕迹,上面似乎有人依倚过的纹路,亦看得见一只蝴蝶在此栖息过的夜晚……尤其是面对古老的店铺,你会看得见前世的图像,仿佛站在店铺中的人都是转世轮回过来的。

轮回转世对于一座小镇来说,总是在维护着旧有的规范,百年的小小酱菜店开着,从门前经过总会看见七八只大坛子立在门口,那些激荡起味蕾的酱菜味总是会让人更加饥饿,因为我们的幼年是一个饥饿的年代,物质生活的贫瘠就像无法长出植物的荒野,你只能在此审美,面对荒寂的哀歌而产生的美学总是令人悲伤的,但也是永恒的。小镇有无数与我成长相关的回忆,因为二十世纪六七十年代的贫瘠,那荒野般的贫瘠,所以,每次经过酱菜店铺门口看见那几只褐红色的坛子,就感觉到想吃东西，最好手捧一只雪白的大碗坐在坛子旁边，白花花的米饭上面覆盖着从坛子中刚掏出的酱菜。直到如今，在我的美食记忆中，这个最质朴的梦想也是我此刻的梦想，它穿越时空，再次来到我面前。坛子里小镇酱菜的味道，已有百年历史，或许还更长。

小镇很安静，就几条街巷，走着走着就走完了。云南的所有小镇在我看来，都是有福报者所居住的地方。我相信宿命，并一直遵循天意在生活着。宿命是无法违抗的，你可以与自己内心的魔鬼斗争，可以与外在的邪恶斗争到底，但你却无法与自己的宿命去斗。无论怎么斗，你最终还是会回到宿命之中去。

这宿命同时也包括我们的居处。关于居处，与两种命定的因素相关。第一种人，他们自出生以后，就有一种生命中亘古不变的根须，这根须盘桓着他们的身体，其无穷无尽的磁力牵制住了他们的言行举止，使他们在此树根下扎根生活。因此，他们从出生以后就生活在故园的房间里，生于此，死于斯，这些人大约是世界上最安定、获得幸福指数最高的人。而另一些人，从出生以后就不会被身体下蔓生出来的根须绊住手脚，他们或许因为偶然去追赶一只天空中飞翔的蝴蝶就走了很远，再无法走回去；他们或许因为一听见一阵阵候鸟的召唤声就莫名地朝着出生地外面的小路奔赴而去。是的，生命是奇妙的。有些人留了下来就能守候着古老的家园生活上一辈子，而有些人因为一只鸟的召唤、一只蝴蝶的斑斓多姿而远离了故居。

所以，每每见到那些生活在小镇的人，我都能感受到他们的幸福和现实状态——这也是我们为此失去过的幸福。因为，我曾在滇西小镇生活了数十年，却离开了，因为我跳过了那些绊住我身体的根须。走了很远当我再次回到这座小镇时，才发现尽管世界以闪电般的速度在变幻，小镇上的铁匠铺依然还存在。站在充满光焰的店铺外，你仍能感觉到那些光着手臂，晃动着一张张古青铜色面孔的男子们，仍在沿袭着祖先传承的手工技能。经过那家酱菜店铺时又嗅到了涌到舌苔下的味道，那位当年三十来岁的妇女已近七十岁，与她的孙女正在守候着店铺。看上去，他们都是有根须的人，一直以来都生活在这座小镇……而更多的人必将受到半空中一只鸟儿和蝴蝶的召唤，从小镇出发，去经历飘忽的另一种宿命。

小镇是县境下面的一个板块，戛洒小镇位于云南新平县境内的哀牢山下，这是一座气候炎热的小镇，终年被灼热的光焰所笼罩着。正像灼热或笼罩是两个不同寓意的词语，当它们分开时,有着独立的隐喻,而当它们在一个句子中出现时,你会感觉到渗透或融入感。先有了灼热,才有了笼罩,那些来自大地之脉的灼热在哪里呢?每每进入戛洒,热度顿然上升,空气中仿佛有一只大鸟的翅膀扑腾出了热量。进入戛洒,有一种说不清楚的安静,田园是敞开而辽阔的,远山在后退中只留下了淡淡的湛青色……每次去戛洒,田野上都生长着绿色的水稻,田边地头有傣族人的村庄。在云南众多的少数民族中,傣族是一个人性温厚的民族,在我的印象中所有见过的傣族人脸上都荡漾着笑容,你看不到他们皱眉头看不到他们脸上的任何焦虑。所以,只要进入傣族人生活的坝子,无论多么杂乱焦躁的心灵都会变得空灵起来,仿佛进入了山冈上的一座庙宇。

戛洒,除了亚热带缠绕着田园景致外,也是一座小镇,也许是它的祥和吸引着外来者的商机,再加上这里有矿藏,所以,戛洒小镇涌入了很多地产开发者,而且,购买房屋的人大都是外地人。黄昏中的戛洒江畔有一座广场,江畔有酒吧、咖啡馆,星月升起来时,广场上有人在跳舞,有许多年轻的歌手抱着吉他唱歌,从一座座酒吧和咖啡馆内弥漫出的啤酒和浓咖啡味,使你的意念会转而变得飘忽不定……站在江畔,夜空下会嗅到田野上的稻香味,迎着灯光而来的空中飞蛾身体很硕大,还有很多蚊虫仿佛也在举行演奏会。在戛洒,你会在江边的酒吧咖啡馆坐到很晚,你会想启开一瓶又一瓶啤酒……在戛洒,你会睡得很晚,因为有那么多陌生人同你一起倾听着江流声、萨克斯忧伤的音律、一只只飞蛾在灯火中勇敢赴死的声音……在戛洒,当你一觉醒来以后,会情不自禁地拉开窗帘,阳光炫目,召唤你去吃傣味早点,一碗米线中有傣族人精心配制的几十种作料。只有在云南,你才会品尝到来自大自然的野菜浆果配制的众多说不清楚的作料;只有在云南,你才能感觉到呼吸是那么顺畅,尤其是在九百米海拔的戛洒坝子中行走,心跳是那么平稳,你会感觉到之前纠葛你的那些道不清楚的烦忧都消失了……戛洒小镇的大米很香很香,坐在水田中的一家农家乐,你会品尝到又甜又酸的美食。戛洒小镇是一座非常年轻的小镇,街道很新,我想象不出原来戛洒小镇的模样,因为开发商们来了,你们知道的,有开发商涌入之地,这个区域必有潜藏的无限商机。戛洒小镇有矿产资源、原生态水稻、热带水果、傣味美食……这些对于开发商来说都是诱引力……总之,我已经看不见戛洒小镇原来的模样,戛洒小镇很新很新,这是很多现代人所喜欢的新。尽管如此,我在开发者拓展的新中看见了戛洒江、田野村舍美食的古老,当我看见傣族妇女坐在江畔的大榕树下绣花时,我看见了古老的生活方式。啊,生存,无论多么荒僻之野都有生存的图像浮现。那一天,我坐了下来,坐在一个五十多岁妇女绣花的大榕树下,这里是戛洒小镇的一部分。江流在树下的沙滩上正在拐弯，我看见了白银色的针线穿过了绣花布，此际，我突然感觉世间再不存在一丝焦虑，也再无战乱。一切都是那么简单啊，我感觉到了大榕树上的叽叽喳喳声，对于世界来说，鸟语是悦耳的，永远是悦耳的。从大榕树沿着一条小路，回小镇只需二十分钟时间。戛洒小镇就是如此奇妙啊，在小镇外是无限葱绿色的田野，是傣族人的村寨，是像绸缎般光滑碧蓝的戛洒江，是坐在大榕树下绣花的傣族妇女……而在小镇内是商业的契机，烧烤店的油烟，是矿产的开发者，是无数视金钱如命的冒险者。当然，小镇中也有做梦的旅行者，当旅行成为全世界的一种穿越时空的生活方式时，戛洒，无疑是旅行者们的天堂。

我默默地告别省城时，更多时刻奔往的都是远离高速公路的小镇乡村。高速公路是世界公路史中的一个文明象征，它是必然要降临于全球的一个通道。是的，这是一个被全球执政者们所拓展并开辟的通道。高速公路已经遍及云南的每个县境，是我们出行中已经无法偏离开的一条路线。尽管如此，人的意识是奇妙的，对于无限中的少数旅行者来说，他们总是在寻找现代文明外的东西。其中，对于道路的寻访就是一种偏离，他们会在高速公路之外——寻访着田野中兀现出的一条乡村公路，最好是土黄色的，无论从哪个视觉看，土黄色的乡村公路会将我们的视野载入另一个奇境。当我们生活在全球化的世界中时，我们似乎凭着一台手机屏幕，在触觉中就能充分地感受到物质资讯生活方式的全球化——简言之，全球化正在使我们的生活丧失古老的传统习俗，包括阅读、购物、饮食，我们的现实生活与精神领域正在严重割裂。但没有一种方式削弱全球化的文明进展，因为，人类正以前所未有的速度，创造着科技的文明。人们已经习惯了手机屏幕，习惯了在手机上购物、阅读、倾听或交流。在这样的时空中，当你驱车从高速公路外的视野中看到一条土黄色的乡村公路时，无疑是欢悦的。这欢悦有一种力量让我们偏离开高速公路的路线，终于，我们在路标之下找到了一条路线。车轮在全球化的灰黑色路线中正在偏离，我们的心正在偏离那条宽敞的道路，转眼之下，路的状况必然带来视野的变化。从一条乡野小路中我们会搜寻到通往小镇的路，小镇对于我来说，不需要注释，通过视觉就能感觉小镇的版图离我们已经很近了。

就我而言，小镇是一棵树冠下的枝叶，如果冠顶是国家的首都，那么冠顶之下将延伸出省城、县境和小镇。一棵树之所以枝繁叶茂，就是因为有无数枝干从树中心伸展而出。小镇，对于我来说就是天堂，偏离开高速公路后，很容易就进入了一座小镇。

突然间看见的一座小镇，就像你涂鸦间的一团色彩。人生更多依倚在这种幻象与现实中，获得了惊叹。小镇尽管将经历现代化的冲击，但它们始终如初地保持着地理版图中的姿态。如果你能宿于一座小镇客栈后，再用脚亲自去丈量小镇的尺度，你就会发现小镇形如迷宫，小镇有医院、政府机构、学校、商铺……所有为人服务的机构在小镇都可以找到。小镇不大，如果穿一双弹力胶鞋——近些年由于行走的原因，我总是喜欢穿一双红色或青黑色的弹力胶鞋，它使我有可能走得更远一些——在一座小镇中行走，我特别留意鞋底下所发出的声音。当鞋底下发出了用一把剪刀剪着一块布料的声音时，我脚下的路是一条百年以上的古道，鞋子忽而陷在石坑中央，这是马蹄窝，是野兽们曾经途经的古道吗？走在这样的古道上感受着一座小镇的前世，心情是伤感的，仿佛有无数的幽灵在此与你赴约相聚。小镇，有时间史的沧桑，每一座小镇上都有原形，就像每个人有伪装或原形的两面。

伪装，同样是一种艺术，就像一只蝴蝶，尽管生命的周期才有几十天时间，却历练着自己飞翔或伪装的技能，当一只蝴蝶在天空中飞翔时，它是缤纷斑斓而妖娆的天使，而当它栖于树枝草地屋檐时，它又是伪装的高手。

穿一双弹力胶鞋在小镇行走，很容易就绕完小镇一圈，这时候，你饿了。走路除了健身之外，使我们奔赴每一条路的境况时，都会相遇到昨天、今天乃至于明天的时间。昨天，是前世，从小镇的建筑街巷中就可以看到小镇的前世，它是新旧之间的符咒。当你看见一座老屋时，就已经与前世偶遇。老屋的院子里飘忽着幽灵的身形，他们像空气般无影无踪。而此际，则是我们的现状。当孩子们穿过小镇而来时，你便看到了活生生的生命，他们在此出生，在此奔跑，激活了那些古巷中沉寂的旋律。而未来，则是老树上新绽出的枝芽……是一个穿着绣花鞋的老人撑着拐杖时，眼里游离出的一束光芒。

小镇，是二十一世纪的版图上小于县城大于村庄的地方。如果你患上了抑郁症，最适合去小镇住上一段时间，因为只有在小镇，你才会找到染布巷。如能在染布巷里生活一段时间，最好去向民间艺人学会染一匹布。当一匹布在染料中出世晒在院子的竹竿上时，你在它们中间穿行的过程，将使二十一世纪最流行的抑郁症悄然离你而去。小镇，还有许多民间绣花匠人，你如有机会坐在一个绣花妇女的庭院中，从穿一根丝线开始学习绣花，当你绣出一朵花、一只鸟时，相信抑郁症不会再折磨你。

我所途经的每一座小镇，都是充满天堂般隐喻的地方。

旅行或游离将你的身形载入了小镇时，生活的速度会突然间变得慢起来……这是一个讲述自己故事的初始。从进入小镇的路开始，世界的面孔变得亲切古朴。之后，你就像一只鸟儿般栖息于此地，小镇的空气、食物、声音是前世传袭而来的。无论我们在小镇能安居多长时间，都感觉到活着就是不再追索意义，而是安然地生活着，就像染布巷的色彩将一匹布魔幻于眼前……

所谓丰富性 就是集敛着人间的
多种消息 它们仿佛被蝴蝶的
翅膀载往更高的天空 存在着
是喜悦的   2019年 海男

写作

首先,写作这件事,并非任何人都可以热爱上的职业,也不可能是像你们想象中那样神秘。写作者的命运都是从生命中的某一天开始的,在我与农艺师的母亲居住在永胜县三川坝时,我的写作就已经开始了。其时,我还是一个幼童,但我所生活的时代,几乎看不到工业文明的影响,永胜是横断山脉中间的区境,是祖国版图中不可割离的土壤,是我的出生地,二十六岁之前的成长地。我的母语除从课本上、十岁以后偶遇书籍的阅读之外,在那个时期,更多的是对于自然世界和成长地外部世界的阅读和感悟,所以,我可以肯定地说,我的写作早在我七岁那一年就开始了。因为,之前的记忆已经模糊了,只有从七岁直到今天的生活,仍然像一部我自编自导的电影，清晰如眼前的波浪，而镜头中的主演者就是我自己。

七岁那一年我在干什么，我们居住在当时的金官公社大院内，门外有一条小河流，不宽不窄，是明代洪武年间的移民们开拓的，用此河流来灌溉良田。一条河流从五百年前穿越到我的二十世纪六十年代或七十年代，其神性中的流水使我在七岁那一年，寻找到了嬉戏的场景。我和小哥哥们经常赤脚到小河中去游玩，河水不深，刚到足踝，所以，这是一条不会危及我们生命安全的河流。我用手去捕捉河水中的鱼虾，让它们在我手掌心中游动，再松开手指，让它们游回到卵石青苔之间去……我从那时刻就已经开始写作了，我看到了水的晶莹，鱼虾们的欢娱和自由状态，这条微不足道的河流后来竟然消失了。若干年以后，当我再次返回三川坝时，迫不及待中就去寻访这条河流……它消失了，在小镇的建设规范中消失了，因而，它成为我的记忆。幸亏世间有记忆，否则这个世界会失去更多抚慰灵魂的东西。

七岁之后，我在假期时会陪同母亲去下乡，母亲将蚕桑养殖带到了这座坝子，所以，每一座村庄都是母亲每天下乡的路线。母亲戴着宽边草帽，穿着蓝色的确良衬衣，是那个时代的美人，我跟在母亲身后往前走，小鸟们在低矮的天空之上列队飞行，我几乎可以听得见它们拍击翅膀的声音。我想，我在那时候就已经开始写作了。我倾听着小鸟的声音往前走时,感觉到了空气中有鸟翼的味道,这味道与田野上的庄稼融为一体。通往村庄的路会遇到许多扛着锄头、担着篮子的农人,母亲似乎都能叫唤出他们的名字,他们打招呼时我感觉到人是一种音韵,就像小鸟的叫声那样动人……因此,我相信,从那时候我就已经开始写作了。准确地说,是在时间的游移中为写作这件事做准备。

金沙江流经永胜境内的区域是灼热的,岸上金黄色的沙岸线很漫长。在七岁以前,记忆中有一桩死亡的事件是那么清晰:江岸之上的山坡是父母下放劳动改造的五七干校,当父母在喂猪放羊时,我们这群孩子就像一群狂野的山羊散布在山坡的橄榄树下,并以此制作出一幕幕游戏。男孩子喜欢爬到高高的橄榄树上,并晃动着树枝摇下了许多已经成熟的橄榄;女孩子则在地上拾起了橄榄并馈赠给那些干活的大人。那一天,我们顺着铺满砾石的小路突然往江边走去……这件事是必然要呈现的,因为好几天以前一个女人失踪了。那是一个略带轻微精神病的女人。那一天,在热风扑面而来的金沙江畔,我们在江岸沙滩上发现了一具女尸,她的面目已被江水浸泡得像一只乳白色的气球……死亡突如其来,仿佛雷电击中了我们的小身体,我们掉转头就往山坡上奔跑……从那一天开始,死亡太早地在我身体中投下令人恐惧或不安的暗影。因此，我相信，从那天目睹到死亡时，我就已经开始写作了。

法国小说家尤瑟娜尔曾说过：书中所有经历死亡和悲伤的那个人就是我自己。

写作者是使用语言来呈现另一个世界的。人这一生面临着两个主题，那就是生与死的碰撞。而在这主题之下演化而来的均由时间所提供的场景，生活无法脱离场景，场景构成了每个人生活的世界。生命无法脱离与他人的关系，也正是他人给我们带来了叙事中的欢乐和悲伤。

那么，一个人到底是在何时选择了写作？我记得在滇西永胜县我的十七岁。我是县城中无数彷徨少女中的一员，有着那个年龄特定的符号：像一朵微微绽放的花蕾，散发出一生中最美的气息。尽管如此，在那个黄昏，我却已经伸手将窗帘拉上，以此抵制来自二十米之外站在另一道窗户前，那个总是想窥视我的男人的目光。我在合上窗帘之后就坐在书桌前翻开了一本之前已经准备好的笔记本。事实上，之前我就已经为自己准备好了钢笔、墨水、笔记本，只是缺少勇气而已。终于，我开始在笔记本上写下了一个短篇小说的名字，然后顺着笔记本的横栏开始写下了分行的文字……在那一时刻，我发现再也听不到外面杂乱无序的声音了，也看不到窗帘外面那个站在窗口窥视我的男人暧昧的影子了……我第一次开始了用语言建立一个世界，它就是我写作中的小世界。

写作，必须迎来自己的一场仪式，这仪式是由写作者自己主持的，从一开始就是由自己主持，与他人没有任何关系。这场仪式需要时间机缘，即灵魂出窍以后弥漫出来的一阵气息，恰巧你置身其中，不写是不可能的，只有写下第一行文字，才会延续像宇宙星宿中那些潜伏或飞翔之翼中的语词。是的，语词就是曾经绽放在你面前的一朵花的绚丽或凋亡的过程；语词就是呈现在你面前的西红柿、果酱、葡萄烈酒的味道；语词就是生死之界中关于地狱和天堂的划分和距离……语词是非常鲜活的故事以及深陷其中的人们玄妙的传说。

我写作已经三十多年，这三十多年犹如梦境一逝，留下来的只是一本本书上的痕迹。二十世纪八十年代初期，我在永胜小县城开始了写作，我待在那间只有八平方米的房间中给自己平静地沏一杯茶水。写作者在开始写作之前永远需要一杯水或者一杯咖啡，我喜欢当时从烟酒茶店里买来的像方块砖形的云南茶叶。那时候的茶叶没有包装，它是裸露的。七八十年代的所有成形的食物饮品均将以裸露形式呈现在眼前：纯白色的棒棒糖是裸露的，制成方块砖的云南茶叶是裸露的，手工坊中熬制出来的红糖是裸露的，盐巴白酒没有包装袋没有器皿也是裸露的……这是一种停滞在贫瘠时间中的裸露。

写作之前为自己沏一杯茶水的习惯从八十年代一直延续到了今天。褐色的茶水滋养着干燥的咽喉,或许是语言的缘故,只有一杯冒着热气的茶水放在书桌上,似乎才会诞生写作的故事。所以,我写了三十多年的文字,同时也喝了三十多年的茶水。多年以后,我的足迹终于来到了云南的茶山,从保山的昌宁到永平茶山,再到临昌的凤庆、双江、永德,再到普洱西双版纳的古茶山。我拜谒了在各种海拔中生长了上千年的古茶树,我从树上摘下一片绿色的茶叶放在嘴里轻轻地咀嚼着,一种生涩之后的甜香味使我品尝到了喜悦……啊,喜悦,犹如文字中缔造出的那个属于写作者的世界。

除了茶饮之外,酒也是必需的。二十世纪九十年代,是我写作跨文本散文《男人传》《女人传》《爱情传》《乡村传》的时间,也是写作时间中,为了写作,生活得更为自我而纯粹的时间。在一个个写作之外的黄昏,也是我弥生颓废感伤的时辰,就是在这段时间里,我给每一间房屋都插上了玫瑰、康乃馨、百合花,通常来说,写作的房间里是必须有鲜花相伴的。在永胜写作时,书桌上就有了花瓶,里面有四季中轮回绽放中的鲜花,从花枝中绽放的暗香使我饱受着美意的滋养。尽管如此,花瓶中无论是多么鲜艳的花朵,七八天以后就会凋亡了。

我目睹了全部的残枝,默默地将它们送走,再洗干净花瓶,换上新的即将绽放的鲜花。在这里,我想说的是一个女人,如果想写作的话,除了拥有一间独立自主的房间外,书桌上一定要有你喜欢的鲜花相伴……我就是这样走过来的,因为亲自插入花瓶中的鲜花,我感知到了从绚丽到枯萎的过程……啊,时间,我莫名的忧伤开始在写作中寻找到了另一些延续故事的词汇,同时还寻找到了那些仿佛从波涛中汇集到我耳边的旋律。

酒,装在瓶子里的红酒,并非一些无生命特征的东西。喜欢上红酒,是因为我曾沿着德钦县域梅里雪山脚下的澜沧江来到了茨中村。这条凸现在地图上的线路,每次回过头去都会再次相逢。首先,澜沧江是除了金沙江之外,令我生命踪迹迷失其中的另外一条江。在神圣的梅里雪山脚下,澜沧江流速很缓慢,它就在你身边;而高空的碧云间却总是会飞翔着一只或几十只黑色的兀鹫。来自地理中每一局部的现实,在我看来都是一幅画卷,它会使你敞开了触碰那幅图像的生命中的激情。没有激情燃烧的人是不适宜写作的,激情就是挟持我们在黑暗中行走的力量。

沿着澜沧江的羊肠小路我们寻找到了传说中的茨中教堂,它坐落在一座干燥而温暖的山坡上。云南的每一座山坡都可以搜寻到通往村舍的小路,而我们就是在那个沿澜沧江行走的午后，倾听到了神意的召唤，从而寻找到了那条通往茨中村的小路。往山坡上走去，就倾听到了来自茨中教堂的声音……山坡上种满了荞麦和葡萄树，一个拥有传说的地方，必然会诞生与传说相联系的现状。早就听说，来自法国的传教士，在百年以前沿着澜沧江行走后来到了茨中村，之后，便在这座山坡上筑造了教堂并移植来了法国的葡萄苗，种植在茨中村的后花园中，开始酿制了红色的葡萄酒……传说是迷人的，同时也是被时间所阻隔的。在茨中村的教堂后院，我们发现了生长中的葡萄树，同时也发现了酿酒的地窖……在茨中村的村民家里，我们喝到了他们自酿的葡萄酒。之后，我就喜欢上了在写作外的空隙中，给自己倒一杯红色的葡萄酒。简言之，无论是茶水鲜花，还是葡萄酒，都是我生命旅途中的密使，它们来到了我身边，是为了陪伴我将写作进行下去。

写作者要经历许多事许多人，更要走许多路，才可能成为一个作家，这是传统赋予写作者的说法。不错，生活的体验对写作者们来说非常重要，但为什么那些经历了众多故事的人无法成为作家呢？除了宿命之外，我想说的是真正的写作者，他们绝对是游离于芸芸众生外的另一群人。写作者与芸芸众生者的区别在于，在一个俗世者看到一朵花的凋亡时，他们看到的仅仅是一堆僵尸而已，而写作者却从一朵玫瑰的凋零声中，倾听到了黑夜中一朵花正在秘密中轮回转世的场景……

那么，如何去解决写作与现实的冲突矛盾呢，这或许是一个写作者终生所要面对的困境之一。逃避现实是不可能的，当花瓶中的鲜花凋零以后，你必须去收拾落在书桌上的残枝，它们会使你的心情黯然神伤。写作者不仅仅是一个人，每个写作者身边都有亲眷和社会的关系……通常来说，写作者从走出书屋的那刻开始，与你相遇的就是现实，剥离开现实是不可能的，除非你逃到没有人烟的沙漠上去写作。然而，如果真的当你来到了没有人间烟尘的沙漠写作，用不了三天，你就会因缺少水或食物，还有外在的恐惧而致命。

写作者可以在各种旅途中写作。他们写大海，未见过海洋者，在大海出现前，曾无数次梦见过海洋的面貌，而他们一旦走近大海时，却显示出了难以言喻的安静。海洋和陆地之间的联系，一直是写作者所探索沉迷的纽带和距离。生命中的大部分时间我都生活在云南，因为高山阻隔，云南没有海岸线，却有诸多仙境般的湖泊，并将湖泊称为海。他们写孤寂，这是众多写作者们所面临的问题，写作就像一个人孤寂的旅途，延续在路上的是疲惫的影幻和手中的旅行箱。

一个经历了漫长时间的写作者，其内心已经熔炼出了三种东西：其一，他们从一开始就与语词相伴，在选择语词时，就像雀鸟在飞行中选择着在哪一座屋檐和树上筑建巢穴。这一只只巢穴就是写作者隐藏自我、呈现语词的小世界。其二，每个写作者都有一座来自黑暗的城堡，他们在其中编织着时间的密码。写一本书，意味着永无止境地在编织密码的过程中消除自己的影子。其三，写作是一条充满苦役的道路，从某种意义上讲，选择了写作，就像选择了流亡自己灵与肉的命运，他们更多的是在漫天飞舞着沙尘暴的天宇之间，去会见自己命运中寻找的那个神。

并非每个人都可以从事写作这项职业。很多人感觉到作家生活在没有人间烟火的地方，而恰恰相反，作家所置身的世界，是活生生的生活现场。作家是这样一类人，哪怕待在书房中写作时远离着外面的世界，而他们写下的每一个语词，都是呼啸而来的一场风暴。我曾在四壁矗立中写作，每个字逼近笔端时，魂灵已来到了面前，写作就是与无数外在的陌生的灵魂们相遇。在各种寒冷温暖的气候中写作，作家在写作中所耗尽的光阴，因那些文字的存在，而记录了现实。

一个写作者从年少时写作，终有一天将会老去……此刻，瓶中的红玫瑰花又已经换了新颜，玫瑰花的绽放，陪同我又来到了语境中：生命因其渺茫，从而获得了大海以上的陆地，因而有触觉眼眸幻影，从而与万灵厮守，与自己的身体朝夕相处。介于两者之间，心灵获得了光阴的馈赠。

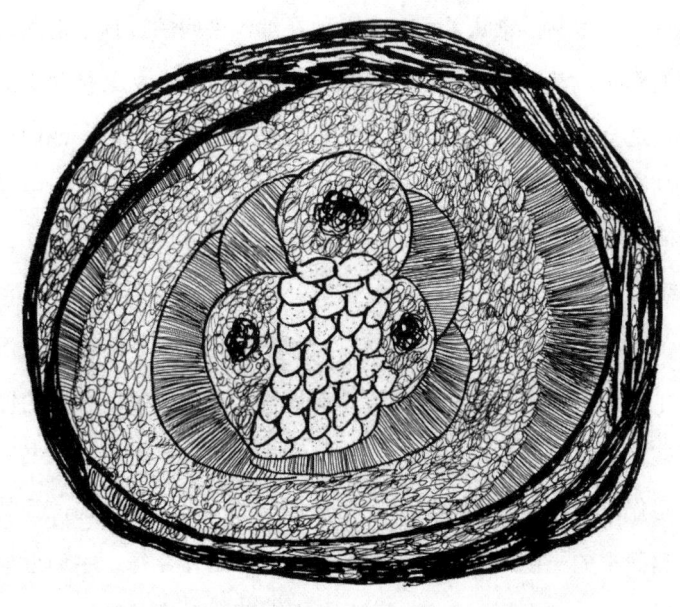

编织一场伟大的魔法吧

亲爱的，亲爱的 亲爱的

2019年. 淘男

孤独

孤独其实是与生俱有的,或者说是从童年就开始的。我隐约记得母亲将我们载往一座小镇,开始她栽桑养蚕的那些时光。作为农艺师的母亲将滇南的蚕桑带到了滇西永胜,她所辗转之地必然成为我们几兄妹后来的出生地。小马车将我们的行李载到了永胜县的三川坝,亦称金官公社,所幸的是我们可以安居在金官公社的院落里。我们拎着箱子,三只箱子均是母亲结婚时用过的,在之前母亲使用的是另外一只棕色小皮箱,当时母亲曾在离碧色寨最近的草坝蚕桑养殖场工作。多年以后,我走进了碧色寨。那年秋天,我沿着滇越铁路往前走,在枕木铁轨间看见了四野之上碧色寨金色的屋顶,这座百年之前的特级火车站经历了太多的沧桑。之后,我完成了长篇小说《碧色寨之恋》。我现在想叙述的是母亲曾经工作过的地方，离碧色寨几十公里之外的草坝小镇。因为与碧色寨的渊源，我沿着铁轨而下前去寻访母亲曾经生活过的草坝。这座属于蒙自区境的小镇上出现了大面积的石榴树，我对石榴树有着太多的情感……在生命的过程中无论是植物还是山川河流都与我们个体有着根深蒂固的某种神秘联系，我之所以写下这些从手中铺开的文字，其中的愿望也是为了在时间循环不已的魔法中寻找到我记忆中的途径。

母亲生活过的草坝蚕桑养殖场依然存在。我找到了那一座座寂寥的院落，同时也找到了母亲同时代的那些工人，他们如今已经像母亲一样老去，在院落中晒着太阳，数落着过去曾经发生过又记忆犹新的事情。我曾走在草坝小镇的小巷深处，想象着父亲将母亲带走的那一幕：一个早春二月的背景之下出现了年轻的母亲，她身穿一身二十世纪五十年代最为流行的列宁服装，剪着黑乎乎茂密的短发，右手拎着那只纤巧的棕色皮箱，那是我在时光中见过的最秀美的皮箱。皮箱之所以那样小，足以说明母亲的身体是轻盈的，她的身体中没有负载时间的芜杂，所以，只需要一只纤巧秀雅的箱子足矣。我想着拎着这只箱子离开草坝小镇的一个年轻女人，因为爱情而离开了小镇的蚕桑厂，自此以后，这个女人跟随我的父亲来到了滇西的永胜县。

孤独，就像一只只形状各异的箱子，它们出现在命运指定的地方。起初是年轻的母亲拎着小小的棕色皮箱嫁给了我的父亲，再后来我们又跟随母亲迁徙到了那座滇西小镇。我们没有多余的家具，只有母亲和父亲结婚时的几只箱子。孤独，足可以显现在箱子的内部和外在的气质和风格中。因为有了箱子，我们带来了简单朴素的衣物，同时也带来了一个家庭的组合和空间。面对新的家，在金官公社的一座老房子里，在我们的家安居下来之后，我才发现了院子里的一棵石榴树和两棵紫薇树的存在。那是春天，也正是石榴树和紫薇树开花的时辰。花，这似乎是我头次看见花。其实，花存在已亘古久远，尤其是在一个还没有流行工业文明的大地上，在我们的地球上盛开着各种各样的花。在我的云南，花不仅仅是一匹匹锦绣，也同样是一些狂野而自由的灵魂。那是附在我脱离母亲子宫之后，视野中的颜色和变幻。谈到孤独，它是从自己的肉身胚芽于母亲子宫时就开始了，那是潮湿的水土，我们蜷缩着小小的肉身，直到我们的头有一天从子宫中游到了出口：从这一天开始，意味着我们将以个体的生命迎接更大的孤独。

金官公社的后院有当时的招待所，也有我们的安居之屋，当我们收拾好房间里所有的东西时,我似乎才真正看清楚了台阶下庭院中的石榴树和紫薇树……突然间从空气中弥漫过来的香气,它淡雅而忧伤。那一年我年仅六岁,对淡雅和忧伤这些生命中的词汇体验不深,或许我那时候的感受中的淡雅是一种香味。我下了台阶走到石榴树下开始往上攀缘,在一个没有幼儿园的时代,我们会在生活的外在空间中寻找到我们的嬉戏,其中爬树就是我们的嬉戏之一。沿着树身从下往上,这也是孤独者的一幕,我够到了石榴树的花冠,但我没有摘下来,因为我的母亲曾告诉过我,别去摘花朵,它会痛的。这句话对我影响很大,或许是从这句话中我领会到了生命的关系。孤独是需要培植的,包括悲悯良善都需要像一棵树那样面朝阳光风雨,沉浸于白昼和黑夜……之后,院落中的石榴树和紫薇树成为我六岁到十六岁之间的日常世界,每天起床后下台阶就会看见这两种有着不同枝干的树木,它们寂寞地生长着,成为我视触下最柔软的生命景观。多年以后,我的写作背景中出现了疯狂的石榴树、紫色中弥漫不尽的紫薇树上淡雅的香气;多年以后,我握着一支钢笔开始寻找一个个词语时,从石榴树和紫薇树中荡来的不仅仅是春夏秋冬变幻不尽的时间叙述,更为重要的是它们伴随我孤独成长的证据。

每个生命个体都需要来自属于自己的一片孤独的领地。我幼年看见了这一幕幕的场景:我的父亲因为工作关系,一年中大部分时间在外，只有到了过中秋节和春节时，父亲才会回家。节日之前，父亲会肩扛甘蔗带着给我们的新衣服回家，那无疑是我们最为喜悦的时刻。我看见父亲回来了，我无法想象他长年在外时一个人的孤独，他回家时与我们团聚时的眼神，是我见过的所有男人中最温柔和深情的眼神。我们住在金官公社时，每天凌晨母亲就要出发到她所管辖的乡村去了，通常我们会背上书包追上母亲的影子，但我们始终是要告别的。我们面对着两条不同的路线时，母亲戴着她的宽边草帽朝着小镇外通往乡村的小路走去了，我们则背着书包朝着学校的道路走去。放假时，我会跟随母亲去乡村，我由此看见了田野上孤独的水牛和一个农人在一起犁地的场景，古老的耕地术行动缓慢而没有任何抒情的旋律，只有犁耙插入泥土时的声音，农人专注而认真地站在属于他的土地上经营着他的现实生活……我所融入其中的这一幕幕现实场景，都是孤独者的日常生活状态，而我自己也必然要面对自己孤独的成长。

我在这座小镇上生活了几十年，其中有几件事都在重复经历着：由于经常停电，我在天黑以后就会坐在一盏油灯下做作业。我仍记得那是用一只墨水瓶做的小油灯，那个时代的人们由于还没有迎来工业文明铺天盖地的景状，所以，亲自动手制作一盏油灯无疑是一件轻而易举的事情。金官公社门外有一条小河流，我想说那是一条途经我身体中的河流。我和兄妹们会手牵手从小河的下游一直往前走，那是我们合伙中的一次以集体主义名义进行的小小探险。脚踩着光滑的卵石往前走时，我们看见了栖居在田野中的白鹭，它们忽而飞忽而又落下来。再往前就是一座大山丘陵了，那时候天快黑了，我们又回过头朝着河流而下走去。这条河流并不著名，它只是一条微不足道的河流，却影响了我的一生。在我生活的小镇上有铜器手工制作坊，每次上学的路上必途经它们的制作坊门口，我都会看见制作坊一个两个的男人赤裸着上半身在举着铁器敲击着，再将定形的铁器投入炉火中熔炼……我就是在那些日子里看见了铁器在水与火中的熔炼术……

孤独是需要熔炼的。我认识了孤独中燃烧的火，还有比火更为孤独的铜器坊中的制作者，在他们赤褐色的脸上，我似乎感悟到了一个人从出生以后就面临着要做一件每天重复的事情。由此，我的母亲天蒙蒙亮就戴着宽边草帽投身于她坐落在每座乡村的桑园和蚕房，这件事从我们迁徙到金官公社时，每天都在重复中上演着。这是属于母亲的个人戏剧，通常是早晨出发时迎曙色而去，而黄昏归来时则溶着落日尽头的余晖而回。再就是铜器制作坊的那些晃动着赤褐色面孔的男人们，倘若他们的面孔静止几秒钟，你会感觉到这是活生生的青铜器物……所有这些场景都呈现出来了孤独者的个人逸闻录。

谈到个人逸闻录，有必要重温我与妹妹海慧在1986年沿黄河流域行走的故事。这个故事，似乎已经离我们太遥远，因为从1986年以后，我的现实生活中经历了太多的人生磨炼。它之所以变得遥远，是因为时间划分着命运中每一段与每一段的历程，仿佛一首交响乐中的音符——有低缓的停顿，这停顿意味着思想者降临了；还有波澜起伏的时候，这是个人史在大海中的远航，它正随同每一朵细浪融入波光荡漾之中去……1986年春天，我和妹妹海慧从滇西的永胜县城出发了，我们肩背着两只军绿色的行囊，里面装有照相机、药箱、指南针、笔记本……照相机是为旅途中的风景所准备的，那是从别人手里借来的一小台最简易的照相机。药箱，是用一只小纸盒制作的，它预测着朝陌生区域旅行中我们身体的变幻莫测。指南针是圆形的，摊在手掌心，就像一面小小的镜面，它与镜面不相同，一块小圆镜可以每时每刻辉映出我们现实中的面孔，而一小块圆形的指南针则将在漫长的旅途中辗转出荒野中未知的方向。笔记本则是为心灵的倾诉而准备的……后者在旅途中似乎不具有实用性，因为它是为心灵而服务的。所有这一切都是个体逸闻录中寻找孤独的生活方式。关于黄河流域所历经的故事，很有可能要到我老态龙钟时才有勇气慢慢细诉。这里只是一次小小的重温,在很多遗忘的生命事件中,每一次短暂的重温都是在抵达失去的记忆。那一年四月,我们来到了青海巴颜喀拉山下,来到了果洛藏族自治州伟大而辽阔的荒原之间……

写作是孤独的,这是命中之命,大约每一个写作者都会经历不同时代的写作者的故事。我的写作之路来得很早,在滇西的永胜县城,年仅十八岁我就开始了那些写在稿纸和笔记本上的文字……人,为什么写作?这是一个简单而复杂的问题。我为什么要写作的渊源大约来自读书的启蒙。在我上初中时,也就是十一岁那一年,我意外地发现了中学图书馆的藏书,那是一座不大的图书馆,却改变了我的命运。我记得我总是心慌意乱地在午间休息时奔向那座图书馆,在这座只有十五平方米的中学图书馆里我首先认识了人类的书籍,它们排列有序像阶梯般呈现在眼前。我将书带进了书包和黑暗中的个人阅读……之后,我就爱上了语言……这是一个渊源的开始。当我掩上门躲藏在一间房子里写作时,我并没有去猜测我未来的命运。

写作使日复一日的现实生活成为铺开的格子稿纸和笔记本上的文字。就这样,我所经历中的石榴树和紫薇树都在悄无声息之中进入了我的文字,还有母亲的桑园蚕房、金官小镇铜器制作坊的水与火的熔炼术等。这些成长记忆中与孤独相关的一幕幕场景,在漫长的写作生涯中成为神秘的元素,在随波逐浪中以轮回的力量让我不间断往前走去。

　　孤独，除了与生俱有的魔力，更为重要的是要有享受和承载孤独的艺术感受力和勇气。这一点，随同时光渐远，像是埋藏在我心中的一颗蓝宝石，如此纯净。有了它，哪怕独自一人在狂风暴雨中行走，也能通过自己被狂风暴雨所淋湿的身体感知雷雨电三者之间的奥义。孤独之所以重要，是因为它会使我们突然间安静下来，就像泛着细微波纹的大湖需要在静寂中孕育出理想主义的又一个梦想。

神奇的宇宙间 唯有生长的
翅膀告诉我们说 飞翔
是需要勇气的 就像唱歌一样
同样需要勇气和孤独
2019. 洛男

房屋

房屋，是我们在天与地之间的避难所，此时此际，我想重温在不同语境和房屋中居住过的经历。

整个二十世纪六十年代初期到七十年代，我们兄妹几人都跟随着作为农艺师的母亲居住在滇西永胜县的金官公社。这是我记忆中最初的房屋，里面还有一个院子可以种菜，面积不大，二十平方米左右。就是在这里的泥土上我们埋下了种子，几天以后白菜青菜的胚芽竟然就从泥土中冒出来，那当然是我们兄妹最为惊讶的时刻。我们伸出手去触摸那一根根嫩绿的芽胚时，就像发现了宇宙间的新大陆。我想说的是在幼年时期，如能遇到一片泥土种上自己食用的菜蔬或栽上花果等，那么，一个人的幼年期将遇到神佑的泥土上奇异的事物。我们兄妹几个并非生长于乡村,只是因为跟随当农艺师的母亲来到了离乡村最近的地方。我们在这座小镇读书生活,每到星期天就在小小的菜畦中发明游戏的世界。很多时候我们从头到脚都是泥土,手里抓住了一只小蚯蚓,将它举在空中看它细小的粉红色的肉身在抖动,仿佛看见了未来的世界我们的肉身在逃亡中寻找着真理。也有养兔子的时候,几只小白兔懒洋洋地在院子的围墙下晒太阳……幼年时与家禽接触会培植我们的柔软之心,让我们知道这个被称为地球的地方,除有人类居住之外,还有别的生灵在居住。而当身边出现别的生灵时,我们会与它们沟通并学会与他们相处。房屋是为每个人每个家庭而建立的小世界,因为身份职业命运的不相同,我们遇到所安居的房屋也不会雷同。就这样除了房屋外的小院,我们为它调配着春夏秋冬的色块之外,它的存在同时供给我们贫瘠年代的菜蔬。我记得很清楚,那一年小小的菜畦中竟然长出了土豆的紫蓝色小花朵,再之后,我们就从泥土中挖出了土豆。那一只只带着泥土的土豆呈现在阳光下,真是让我们兄妹几个爱得要命。于是,我们将土豆洗干净后开始用炉火煮沸,那天的晚餐是一生中最美的,因为这是我们亲自种植的土豆。简言之,我们有幸在幼年时代的成长期安居于一块有菜畦的房屋内外,我们的手参与了劳动并知道万物都具有灵性,我们相融其中并在不知不觉中获得了生长的经验。

房屋,从一开始就应该是灰蓝色的,它们不仅仅是幼儿园的积木和糖果物,更重要的是我们的天真无知构筑的梦想。在我的幼年时代,没有幼儿园的积木玩具,我们所有的同一代人都在幼儿时代玩石头、溪水,在有石头和溪水的地方,我们玩手中捕捉到的水里的小鱼、空中的蝴蝶飞鸟……我们就是这样长大的。所以,后来,当我看见全球化的城市和乡村的孩子都在玩同一种类型的塑料玩具时,我感觉到了孩子们很可怜。他们的成长期失去了自然的体温,表面上他们似乎拥有了许多来自物质生活中的大型游乐场所和玩具,实际上他们的内心已经没有了我们幼年时代的发明和快乐。

一个人的房间对于我这样的人来说尤其重要,大约是在十八岁那年我终于有了一间属于自己的房子。我有了四壁间小小的一架书。在二十世纪八十年代开始,书,完全的纸质书是来之不易的。除了阅读永胜县图书馆的藏书外,我的书大都来自县新华书店。排队买书的场景出现在新华书店的门口,饥渴了很长时间的书痴们在第一缕曙光降临时,已经站在门口排队,就这样我认识了新华书店的营业员杜玺。她绝对是那个时代的美人儿,自此以后,每到新书到来时,她就为我私自留下新书而免除了我花大量时间去排队。整个八十年代都是我疯狂买书的时代,我当然也是那一时代的书痴者之一。我将一本又一本书携带到房间,先是放在枕边,因为将新书放在枕边可以让我在第一时间随时看到它。那是一间十二平方米的小房间,这时的房间是人一生中最单纯而素净的,除了一架书、两只木箱、一张书桌之外,房间里就没有多余的东西了。多少年以后,我一直在回首中再次进入到这间属于十八岁到二十五岁之间的小房子里去,它的单纯中完全保持着两种气息,书和我自己的气息似乎不可分离。首先是我的存在,没有我不可能有书的进入。然而,在有我之前人类之书早就已经存在了。每天晚上躺下之前就会将枕头垫高,不读书是不可能的。在这里我通过一个人对读书的需要,想表达清楚的是你在冥冥中相遇的生活一旦成为你迷失其中的花园,那么你的命运将由此在漫长的迷失中沿着花园错综复杂的路线走下去。感恩书籍在我青春年少时降临,因为它,我的命运中浮载着一本又一本书的体积和纸质的香味。书,不断到来的新书总是会来到我的枕边和书架上。房间里有了书的位置,似乎就有了书的幻影,很多个在黑暗中冥息的夜晚,我都在隐约中感觉到那些书一本本下了架,正在房间里行走着。

永胜小县城那间十二平方米的房子,使我有了读书写作的初始。当天蓝色布帘合上时,我就开始了写作。过道上会传来脚步声,然而,布帘和门的存在抵御着外在的噪声……倘若一个人要写作的话,一定要有属于自己的房间,这是弗吉尼亚·伍尔芙后来告诉我的。房间可以很小,但通常一定要有属于自己的床,这是所有世俗者需安置身体的位置,在此除了可以闭上双眼进入睡眠,也可以乘梦中的扁舟和云图去另一个世界。一个人在床上的时间是生命中的三分之一,床之重要,就像粮食之于牙床、味蕾的关系。床虽然堆集着棉絮枕头,却是与我们的肌肤每日相处的地方。世界上如果没有床榻、枕头和柔软干净的床单被褥,那么,我们的生命就会失去循环不已的与夜与白昼牵连的神秘处境。此外,就是房间里依墙壁而直立的书架,后来并非为大多数人所需要,因为书架是一个看上去并无实用性的存在,对多数人来说它具备粮仓所拥有的一切功能。然而,一旦将书架筑造于墙壁的人,则已经将书视为密友了。我大约就是这样的人,书对于我来说,除供给我阅读之外,最重要的是帮助我制造幻念。当然,幻念同样是虚无主义者的一种远景,它来源于现实,却游离于现实之外。就我对幻念的感受来说,就像小小房间里从书架中走出来的天使与魔鬼的具象,天使帮助我在特定的空间里长出了翅膀,魔鬼则让我在周游黑暗的旅途中训练着勇气和智慧。生活之所以迷人,是因为永远有天使和魔鬼在捉弄我们的想象力。

从永胜县城的一间房屋开始,我的青春开始了写作。当窗帘合拢我便开始在笔记本和稿纸上写作,那个时代如此美好,所有人均在用钢笔写作,写作最初是私密的,以后也必将是私密的。对于写作者来说,世间没有任何一件事像写作,充满了私密之中的偶然性,它因偶然使一个人手中有了笔。但仅有笔还不够,笔力之下还需要一个与心通灵的时间结构。是的,结构也很重要,就像房间的结构,在它的四壁之下是人生活的地方。一间房子隔离开了外在的扰心,它使心灵蓦然间回到自我,所谓家和房间里的小世界,亦就是让人找到自我的时刻。

人,不可能永远只安居在他们幼年和青春年华的房间里。路,永胜县城的路向着金沙江大峡谷之外的世界正绵延出去,我的心和足迹也在绵延出去的路上寻找着另一间房屋。那是二十世纪九十年代初的春季,我从鲁迅文学院与北师大合办的研究生班毕业了;我乘着慢火车,又从首都回到了省城昆明。当火车终于穿越了大半个中国的田野山川后抵达昆明时,我将头探出车窗外,那一年我二十九岁。这个年龄似乎仍然停留在青春期的探险之中。下了火车后,在月台上有前来迎接我的胞妹海慧和她的朋友们。之后,海慧便将我接到了滇池路上的一座乡镇中学的宿舍里。一路上我们搭公交车,朋友们帮助我拎着几大纸箱书。书,从古至今都很有重量;书,几乎都是我在北京鲁院时买下来又读过的书。我们可以在人生中舍去很多东西,唯有书籍是不可以舍下的,哪怕它已被我们读过,里面有我们读书时画下的痕迹和在书中的每一页潜游的气息。书,无论它像棉花样轻还是像岩石一般沉重,它都是我们身体中携带的隐喻。当那些像棉花般轻的书收到箱子里时,书籍中那些属于精灵般翅膀的飞翔已带着我的肉身往上飞;而那一部部犹如岩石般沉重的书正压在我们的身体之上,我们将承载它们的重结束一段旅途,然后再寻找安置它们的地方。

滇池边岸的那座中学成了我暂时的居处,海慧当时就在这座中学执教,她和另一个人的居所接纳了我。当时,房屋对于我们所置身的世界来说,还没有出现房地产开发商;即使有,也还没有看到无以计数的挖掘机推平了山丘或占据了农田。当时的祖国大地上,俗世者对于房屋的梦想生活才刚刚打开,对于我来说,在我将户口、工作调到昆明的时空中,只有一个小小的愿望,那就是只要有一张睡觉的床就足够了。为此,我和海慧同床了近一年,在她们的小房间里,我写下了《疯狂的石榴树》等三部中篇小说,写下了长诗《虚构的玫瑰》,读了几本小说诗歌散文。我想说的是,写作者在任何环境之下都可以找到笔;而在找到笔之前,写作者已经寻找到了一间自己的房子。这间写作坊可以在命运旅途中的不同区境中出现，可以出现在乡村荒野的土建筑和小木屋中，也可以出现在原始森林用藤蔓扎起的营帐中。

之后，我在昆明城区的莲花池畔租了半年多的出租房。一个人如果一生中没有租过房，那么，他们对于房屋的幻想力是单薄的；倘若一个人刚出生以后就居住在豪华的宅子里，那么房屋的天顶结构、偌大的庭院花园定会阻挠他们对另一间房子的幻想。这不仅仅是对一间房子的幻想，而是对于生命历程中许多陌生事物的期待和探索。在我出租房的外面，完全是1992年一座城市边缘的现状。在一座座两层楼的出租房中没有卫生间和洗浴间，但在一条条幽暗的过道上从早到晚总是飘忽着外省人的声音和气息。他们说话声音很大，在出租房中未能解决的矛盾和冲突都会带到过道上来解决。我的耳边经常是一场场意想不到的扰乱。有时候，我也会忍不住推开门，看到了一男一女的夫妇，站在过道上时仿佛是前世的敌人。然而，他们的生活继续着，一旦他们停止了战乱中的焰火时，他们又会将全部精力投入世俗生活的繁芜中。在这片很大的出租区域，我看到了躲藏在出租屋中超生孩子的夫妇，他们对生育孩子似乎有很大的梦想，也可以这样说，孩子就是他们现实中的未来。他们经营着批发小商贩的活计，同时也经营着出租房中乱哄哄的孩子们的嬉戏和哭声……我在这里居住的半年多时间，是我人生中一段对于世俗生活的旁观录：何谓世俗，就是那些隶属于生存和死亡中诞生的对于与肉身、活着、疼痛、财富、男人女人等相关的现实。直到如今，我似乎仍然能够清晰地再现1992年初春到夏季的那一幕幕场景：一个女人蓬头垢面从出租房中走出来，懒洋洋的脚踩着一双拖鞋下楼去上公共厕所；一群在计划生育时代没有出生证的孩子在楼下的树林中奔跑着；一个单身的出租房中的男人经常会将一个个陌生女人带回来……而当我感受到了那座出租楼中充斥着一种俗世的烟火、混乱和忧伤时，因为出版社终于为我调配了一间小屋，之后，在那个炎热的夏天我搬走了。

我永远记得那个暴雨后出现彩虹的上午，我的朋友们来了，将我的几大纸箱书籍搬到了车上，又将我的行李被褥也搬到了车上。自此以后，我人生中的出租房生活真正结束了。我站在二层楼下往上看了一眼，又看到了那座唯一的露台上晒着的男人和女人的衣服，还有刚出生不久的婴儿们的尿布……房屋，在这里，就是维持着俗世者生活的呻吟与欢笑的居所。无论房屋宽敞或窄小，居住在这座出租楼上的人们都在演练着他们日复一日吃饭睡觉挣钱的理念。在这里，我说不清楚幸福是什么，苦难又是什么。

最有秩序结构和美学理念的房屋应该在云南盆地上的一座座乡野之间,每每我进入一座村寨之前,远远地就会看见黑灰色的屋顶、白色的墙壁,当然如果在离高速公路更远的地方,你就可以看见青瓦的屋顶和土红色的墙壁。在乡村,房屋离众神更近,因为在我心目中的众神都在天与地之间守候并管理着万物万灵的日常生活。乡村的房屋多是两到三层结构,第一层是畜厩、厨房,外面是一座有水井的菜园;第二、三层是仓库和人的卧房……当你来到乡村时,会看见墙壁上挂满了农具,这些锃亮的器物,也要有自己的栖息地。我们到乡村时喜欢站在挂有农具的墙壁下拍照,因为这些农具显示出了古老的耕织术,它的存在会让我们想起稻谷是怎么成熟的,豌豆是怎么开花的,荞麦是怎样由青涩转黄的。最接近天穹的房屋坐落在云南的半山腰,这是干栏式的建筑,可以嗅到纯木的芬芳。住在半山腰的基本上是千年以前因战乱从青藏高原等地逃亡迁徙到此的土著们,他们在山冈辟地盖房,从而构筑了祖先繁衍居住下来的家园。每次我坐在他们客堂的火塘边,无论多么浮躁焦虑的心顿时就会安静下来。炉架上的茶壶、屋顶的黄木早已被烟彻底熏黑,屋梁上还吊着烟熏肉……如果你走了很远的路,就只想坐在这火塘边。只有在这里,我深深体会到:手机刷屏时众多纷繁的信息是多余的,豪宅中的所有家具是多余的,争执不休的答案是多余的,银行卡里的数字是多余的,语言是多余的,通向火车站和飞机场的路是多余的……甚至所有的文明史和书籍中的虚构和真实的处境都是多余的。坐在云南半山腰海拔在三千米左右的干栏式建筑屋的火塘边,我只愿意忘却世间存在的名分和荣耀,忘却我们日复一日在烈火冰雪中熔炼心灵之路的时间。这时候的我,被火塘边弥漫过来的烟熏着了眼睛,双眸半睁半闭的状态仿佛是从原始森林中走来的一只小野兽。耳根下荡漾着水壶中的山泉水开始沸腾的声音。如果你运气好,会在温暖的火塘边遇上这个家族的长者,他们头上裹着一层层黑色的土布,着黑衣,皮肤像火塘边被烟熏过的屋脊,上面有深深浅浅的皱纹;如果你运气好,你就会在火塘边看见长者从怀里掏出了一种乐器,你虽然无法为这种乐器命名,然而,在突然飘来的乐音中你突然想忧伤地低泣……

房屋是这个地球上所有俗世者生活的地方,也同时是人们避开战乱征伐的避难之所。而此际,是夜晚的降临,我正置身在离星空最近的一座半山腰的建筑中,我从火塘边走了出来。在夜晚,唯有那些陪同我沉溺于星宿下游戏人生的精灵,才会使我感觉到时间的流逝。在云南的半山腰,我倾听到了最古老的天籁之音,我遗忘了斗争或乱世中的舞台,我忘却了出生以后累积不清的忧患。而当我再次走近火塘边时,我知道,今夜,我是世界上那个心想事成者,我实现了一个梦想:睡在火塘边，倾听着余下的柴火最后的燃烧声。之后，炭火之下的余烬散发出萤火虫般的光亮，我渐入梦境，世界上最美好的下半夜载着我的梦境从这座火塘边上升，它将上升到月黑风高的众树之上，去寻访我的又一个灵魂。

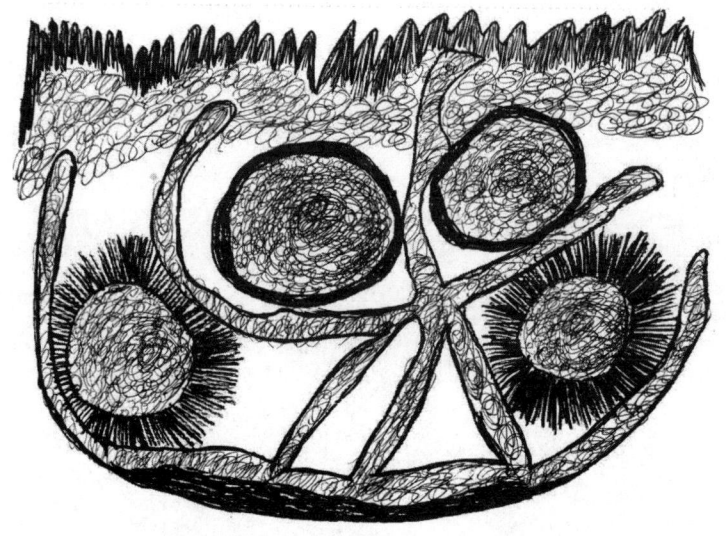

伟大的心灵必将历尽时间的洗礼。只有当你站在旷野上才会离天空更近 离江流波涛奔往大海的速度更近。

2019年 海男

爱情

爱情，到底是何物？

现在，我想起了一双手，一双非常年轻的手。他来云南写生时看见了我，他当时二十四岁，我十八岁。他来到了我的小房间，因为我当时已经开始读书写作，他在这座边僻的小县城中看见了我房间里的书架、笔记本上的诗歌。他的手纤长，这是我记忆中第一次对异性的手有兴趣。在他伸手取下书架上普希金的诗集时，我正在观察他的手，他翻开了书，一页一页往后翻。之后，他又翻开了我桌子上的黑色笔记本，他开始低声读我的诗句……我仿佛没有听见他的北方口音，因为我一直在观察他的手。有一个多月时间，他除了在县城外的山区写生，只要有时间就会到我的小屋中来看我。每次来，他都会跟我谈论艺术和诗歌，同时也会翻看我写在笔记本上的诗歌。房间里没有沙发，我们就坐在床边，有一次他读到我的一句诗时，突然就变得激动起来了，他的手伸过来触摸到了我放在膝头上的右手……一阵阵意想不到的电流迅速地开始从指尖弥漫到全身，这是传说中的电流吗？也就是从这种电流开始，他喜欢上了我，他从来不在口头语言中使用爱情这个词，我当然也还不会使用……这是我记忆中最初始有关男人和女人交往中发生的故事。

现在我要使用爱情这个词去复苏从年轻时代开始，保存在我记忆深处的那些属于已逝时间中的故事。因为爱情仅仅有理论是不够的，谈论理论只会让我们看见剔得很干净的骨头。只有故事，哪怕只是片断式的插曲也会让我们看见一只只羽毛斑斓的候鸟，从形而上的意义上讲，每一个爱情的故事，都是一只只鸟儿拍翅飞翔的空中之旅。在我年轻时，除了自己经历的故事，最主要的是在感知周围小世界中人们的爱情故事。

二十世纪八十年代的许多爱情故事是从看电影开始的。爱情不会受到时代背景的影响，但每一个时代的背景又都是启动爱情故事的舞台。电影票，六十年代出生者对电影票应该是敏感的。森林里的树是敏感的，田地里的庄稼是敏感的，流云和风向是敏感的……简言之，万物都是敏感的，它们因敏感而相互致意。八十年代又是寂寞的，我喜欢属于整个八十年代的那种寂寞：在一个没有电子产品的时代，八十年代的人又是幸福指数最高的。在小县城的上班族中，凡是中午和晚饭以后都可以选择时间看电影。永胜县城的那座电影院，外貌呈灰蓝色，屋顶上有青瓦。人们手里捏着电影票，那小方块形的电影票上印着电影名和排座号。如果是刚上映的新电影，则要排队或走后门才可能迅速买到好位置的票。电影院在整个八十年代都是永胜县城的一个充满磁力的地方，它能让人们从吃饭穿衣的空间中走出来，人们手里捏着电影票时的期待，也就是对于一座可以容纳几百人电影院内的场景的期待。在一个还没有电视、手机、电脑的时代里，走进电影院仿佛就走进了一个帮助你身体造梦的磁场。最为重要的是，无论外面是刮风下雨还是艳阳高照，只要你进入电影院就会感觉到光线暗了下来。于是，我们正在往下走，因为灯光暗，会看见抽烟的人划亮了火柴，一束光迅速地照亮了旁边的行走者，你会看见手拉手正在寻找座位的青年男女们……毋庸置疑，电影院是八十年代最隐蔽、最为安全，也是最浪漫的地方。如果当一个青年男子邀约你一块看电影时，有可能就是喜欢上你了。

电影院里的屏幕上出现的是另一座有故事的舞台，里面有人物表演着喜剧和悲剧，观看者不知不觉中就开始融入了场景中去。对于正在谈恋爱的青年人来说，看电影会触景生情。当电影屏幕上出现抒情的场景时，坐在台下看电影的恋爱者们会在黑暗中出现一男一女的手，它们捉住了对方的一只手，仿佛是在相互暗示在黑茫茫的人世间，手与手的相遇是多么美好。手，是恋爱者的暗器或通向自由之路的定力。很多在八十年代坐在电影院在黑乎乎的光线中寻找到手的恋爱者，无疑是已经进入电影叙事浪潮的又一对叙事者。后来，我参加了他们的婚礼，验证了八十年代通过电影院的背景约会而最终进入婚姻的一对对恋人的因与果关系。

爱情，如果在年轻时代像风暴一样卷来，那么，恋爱者将相互承担来自身体的磨难。在这里，身体是一种诗学，它在未碰到外力时，属于个人主义者的身体完整地延续着它的成长，同时也延续着它在时间中的微妙变化。而身体一旦碰到了异物，就像树枝碰到了闪电，有些树枝在与闪电碰撞之中依然完美地保持着自己的原形，而另一些树枝则被闪电劈开。而她只有十九岁，却怀上了他的孩子，那个时代未婚女子怀上孩子简直像是洪水猛兽降临。那天黄昏她约我见面时，我们来到了县城郊外的麦田地，青麦地的涩香味从空气中袭来，我们坐在麦田的田埂之上。当她说怀上了他的孩子时,我身体痉挛了片刻。我们虽同年龄,而对于我来说,为一个男人而怀上了孩子,像是地狱中的故事。因为在我们的周围,不间断地有某某女子又到医院堕胎的消息,而传播消息者的语气中总是又添油又加醋,对堕胎女子的道德行为评头论足,仿佛真理就掌握在他们手中。而此际,我们坐在麦浪起伏中,她说:我好害怕,就那么一次,我怀上了。我说:你爱他吗?她说:当然,我一见他就爱上他了。我说:他知道你怀孕了吗?她说:不知道,我也不想告诉他,因为他是不可能留下来的;而且我们刚开始认识时,他就告诉我,结婚是一件很麻烦的事情,如果永远只谈爱情将是最美好的。我说:你将如何对待怀孕这件事?她说:留下孩子是不可能的。我和他都没有能力接受这个孩子。我说:你想怎么办?她说:你可以陪我去堕胎吗?我说:到县医院吗?她说:当然不可能到县医院,这里人杂嘴碎。我想去一个离我们县城很远的地方,一个别人不认识我的地方。通过上述简单明了的对话,我明白了一件事,她想让我陪伴她去一个偏僻之地堕胎。我们从麦地里站起来时,天已经完全黑下来了。我们的身体带着波浪似的麦香开始奔向一座边壤小镇。起初我们搭上的是一辆拖拉机,后来没有路了,我们再搭上了一辆牛车……这是一次我记忆中最深刻的旅足,也是来自另一个充满青春身体的磨难之旅。我们去了很远,来到了在云南北回归线上的一座小镇,虽然牛车以打哈欠般的速度疲惫地在泥坑中前行,我们还是见到了一座被碧绿的大青树和芭蕉叶枝撑开后带来凉意的热带小镇。接下来我们就找到了小镇卫生院,她填写在白纸上的是另一个名字,终于,她躺下去了;我站在一块白布帘子外,这块用白布改做的布帘有少许的血迹,但已经变得暗淡。我凝视着这块布帘,仿佛凝视着一块画布。多年之后当我画画时,我在涂鸦中眼前又飘忽过了这块布帘,然而,人生很快就帮助人们解决了一个又一个来自现实处境中的困难。

我听到了几声尖厉的呻吟后,就再没有声音了。之后,她掀开布帘走出来了,她的脸色很苍白,仿佛浮云在她脸上停留了片刻的那种白。然而,她什么都不说,一句话都没有。我们又搭上了牛车,沿来时的路回去,她重又回到县城。除了我,没有人知道她到另一座小镇堕胎的事。以后的她依然跟那个她自认为爱上的男人在一起。但好景不长,男人到外面闯天下去了,她告诉我说,男人都是不可靠的,这个让她遭遇到身体磨难的男人并不想与她结婚而且也不想带她走。她认命了,她说爱情是不存在的。于是,过了没多长时间,她嫁给了另一个男人,并在我去做伴娘时对我耳语道:其实,我依然爱他,我可以为他去堕胎,也可以跟另一个男人结婚,但我仍然爱着的是他。这个故事很简单,许多人都经历过不同的爱情故事,爱情是没有理由的,大凡有理由的爱情,也许只是平衡器中晃向一边或另一边的轻重而已。

爱情,这个词是乌有之乡的去处。爱情一旦融入现实生活中就会失去它的奥律,我周围有许多带着爱情走入婚姻之中的人们,最终都在日常事务的繁芜之中消磨尽了爱情的浪漫主义精神。爱情的功效有几种是长久的:其一,旅行可以将爱情延伸到远方。两个人的旅行如果燃烧着爱情的火焰,那么,这束火焰就像黑暗中的灯光,恋人需要灯光,因为相爱者都喜欢黑夜。有一对恋人来到了一座山谷中的客栈,他们会在客栈外的山谷中缓慢地散步,更多时间是静守着客栈中的那座露台,他们似乎是为露台而来,因为从客房就可以通向露台。她是我的好友,有一次她一定要带我去这座客栈,那时候她的男友已经死了,死于一次突发的车祸。我无法安慰她,事实上她比我想象中的要坚强。她手中拖着行李箱带我去乘飞机,她说:如果你想知道我跟他在一起曾经幸福过,你一定要跟随我走一趟。那时候,我又恰好是对爱情比较着迷的年龄,我被她拉上了飞机在云层中飞了一小时再着地。她说:我今天只不过是带你重返我和他奔赴的一座爱情的客栈而已,接下来,将有来自客栈的车子来接我们。车子在黄昏中驶进了飞机场后离开了,我和她还有几个旅客坐在白色的面包车里,车子驶向了一片荒原,两个多小时的路程结束后,我们抵达了一座丘陵深处的客栈,站在客栈门口的男人很像我看过的一出诡异电影中的男主角。我虽然想不起这出电影名了,但整出电影故事都是围绕着在一座古城堡中所发生的异灵故事。这座滇西客栈外形采用很有时间感的装饰材料,里面的所有功能却又很现代化。她说:爱情就仿佛梦一场,置身在梦中的时候无疑是最为幸福的。

她取到了客房的钥匙,为了让我更深地感受她曾经在这里享受到的关于爱情的幸福感,她让我跟她同屋。我当然同意了,如果这里真有我感觉中的那种诡异气氛的话,我还有一个伴。我们打开了客房的门后她就开始煮茶,房间里竟然配备了煮茶的所有工具,我已感觉到茶意弥漫,我是一个喜欢品茗的女人。上午喝绿茶,下午晚上喝普洱茶已经成为我的生活方式。她说:我们可以在露台上喝茶,露台上很凉爽。我打开了房间里通向露台的门,确实地,门刚打开,我就明显地感觉到了一束银色的天光重照着露台,露台上有竹制圆桌,两把竹椅。看上去,场景虽小却显得很是舒服。她与我面对面地坐着开始品茗,月轮突然从漆黑的夜色中跃出,她说:我和他每天晚上就坐在这里看月亮。他仿佛知道自己要死,他曾经暗示我说,如果他有一天走得太远了回不来,就让我每天晚上替他看月光那皎洁的光泽。我们就坐在这里观赏月光的变幻,很奇怪的是每次来我们都能看到月光。恋人们的世界其实是最为简单的。我们坐在这里喝茶,看着月光怎样变幻,当然,我们少不了谈论爱情,我们说得最多的是彼此间在一起的感觉,我们谈到了触觉、味觉……我们往往要坐到半夜,然后再回房间睡觉。她说,现在他走了,他走得很快,我们在一起时从来没有谈论过死亡,也许因为太年轻离死亡还很遥远。我们的这段爱情虽短暂却充满了幸福,我预感到了这是我一生中最幸福的爱情。她的故事很简单,又过了几年,她结婚了,完全是另一种状态,她像所有女人一样结婚生育忙碌于家庭中永无尽头的烦琐。又见到她时我想起了那座在丘陵中的滇西客栈,她似乎已经猜透了我在想什么。她说:我明白了,多年以前我为什么会体验到了爱情的幸福,因为我们的爱情离现实的垃圾桶很远,离婚姻中的厨房卧室卫生间也很远,离生育书也很遥远……婚姻生活长久了就是一段繁殖虱子的过程,那些无聊致命的虱子来到了你的肌肤之上,附着在头发衣服中,令你不安、厌倦,于是,你使用种种手段开始清理虱子……她一边说一边笑,直到自己笑出了眼泪。

人,只要你出生于这个星球上就要经历一次或几次爱情故事。爱情之所以短暂或长久,全凭经历者投身其中的时间和命定的裁决。有些爱情在春天开始,亦在春天结束,本来,春天开始的爱情是最美好的,为什么要在春天就结束了呢?这是一种心花怒放者的爱情,也是在满眸春光中来又在春光中远逝的爱情,或许是因为春光美得炫目,相爱者不想让爱情进入烈火和暴雨之下,他们理智地掐断了爱情,想收藏这个春天中的爱情故事。有些爱情是在烈日炎炎下降临的,这时候,人仿佛孤独地走在沙漠深处,于是,另一个人出现了,他们相互看见并彼此成为对方寻找到的甘泉。这样的爱情故事因孤单寂寞会相对走很长时间,会行走在地平线上升起闪电的地方,一束明亮的闪电让他们突然之间看清了对方的脸,此时暴风骤雨降临淋湿了全身,他们终于结束了沙漠上的旅行。而此时,他们正在旷野上寻找栖身处,一只鸟飞来了引领他们往人群中走去时,他们互拥着彼此的气味就这样走到了婚姻之屋。而那些发生在秋天的爱情故事,意味着成熟凋亡并直抵冬日苍茫的大雪……没有一种爱情故事完全像蜜糖那般甜蜜,也不会圆满到像十五的月亮丰盈。爱情无法经受住时间的考验,是因为它置身在社会史和自然界之中,并无法从繁芜和公众道德意识中完全抽身。爱情这个词可以有千万种词条,又可以汇集到汪洋大海中去,所以,它在短暂和永恒之间的礼赞中彷徨不息,它是世人眼眶中的泪水和海洋,也是磁轮下一束束飞速逝去的光阴之火焰照耀和熄灭的幻念。

这缠绵如风的低语 仿佛
重又让我们聆听到了爱神们的
窃窃私语!!!　　　2019年·福男

食物

食物，这个词很容易激荡起我们舌尖上的味蕾。我更愿意回忆人生旅途中所经历的一些影响我们世界观的食物。还是先回到幼年吧，我们对于食物的认识和品尝是从幼年开始的，在一个贫瘠而使用票证的时代，满天下的食物都隶属于户口册名下每个人的票证，其中与食物相关的票证有粮票、肉票、茶叶票、红糖票等。我记得有三条不同的路线，母亲小心翼翼地从家里的抽屉中找到一只铝饭盒，那个时代铝制品很流行。她取开饭盒撕票据的声音告诉我说，母亲又要去粮管所买粮了，或者要去排队买肉了。在那个黎明初晓的时刻，我钻出被子。我是一个参与感很强的孩子，母亲已经默认了我的参与——毕竟，我们所成长的时代太寂静也太贫乏了，所以，小时候我们就可以从母亲的脸上判断出现实的需要，粮袋里的大米没有了，家里已经断肉很长时间了，盐罐也空了。我起了一个大早，在星期天的早晨陪着母亲去买粮。这条路只可能出现在滇西永胜县金官公社外的田野小路上，这是一条土黄色的小路，两边是庄稼地，母亲肩背竹篮走在前面，我走在后面……这个场景中的我从幼年到了十一二岁。之后，有一天，我从母亲肩头接过了篮子独立地走向了通往粮管所的路，而紧紧捏在手心的购粮本似乎丢了就会要我的命。从这条路上我买回了大米，只有用肩头背过大米的人才知道大米有多香。第二条路，是陪母亲早早去肉食品公司排队买猪肉。我们穿过了小镇的小巷来到了唯一一家店铺窗外排队，我看见母亲紧紧地捏着票据，手里还端着一只瓷盆，那时候我们的国家还没有生产出铺天盖地的塑料袋。我站在母亲身边慢慢地往前挪动着脚步，鲜猪肉味从不远处的窗口飘出来，我的舌头上正分泌着口水。人为什么要吃肉？这应该不是一个太大的问题。还有另一条路是奔往副食品店，这条路无疑是我最为喜欢的。路面上结着冰霜，我不小心摔了一跤，又跑起来追赶上了母亲。真好啊，只有当我双手趴在副食品商店的柜台前，我的心才变得踏实起来。天地间就只剩下了记忆中二十世纪七十年代的这间店铺，里面斑驳的柜台上有红糖、盐巴、白酒、茶叶。小时候真是馋，可食的东西又是那么少，我们最想吃的东西就是几分钱一根的棒棒糖，而父母奖励我们的唯一的礼物也只有棒棒糖。我不知道,到底是谁发明了棒棒糖,它真是特殊的诱饵啊。只要有一根棒棒糖,我们就可以面对父母承诺许多生活学习中独立成长的愿望;只要有一根棒棒糖,就可以将它放在嘴中小心地吮吸着。这来之不易中的吮吸让我们从小就学会了克制,简言之,一根棒棒糖的存在是有限的,我们可以让它尽快在嘴中溶化,也可以以慢的节奏多品尝它一会儿。

在我记忆中食物最初是简单的,那时候的简单是因为整个地平线上的城镇和村落,都深陷于一个巨大的饥饿而贫穷的时代。小时候,我记得家里的餐桌上的饭菜刚好让我们三分之二的胃获得温饱,另三分之一的胃是饥饿的。这饥饿的胃带着我们在四野中嬉戏时,总会遇到果园菜地。记得那年秋天,我们在田野尽头看见了一座梨园,满园的金黄色枝叶上挂满了青绿色的果子。我们环顾四周看似没有一个人,于是,几个小男孩开始攀树,女孩就负责蹲在树下捡果子……抬起头来时,男孩子们已经攀到了树的半端,我看见了一只鸟巢,一个男孩竟然从鸟巢里抓出了一只嗷嗷待哺的小鸟。男孩很理智又将小鸟放进了鸟巢,然后专心地摘果抛下地……我记得这次以饥饿和游戏的名义偷梨的过程只持续了几分钟后就被守园人发现了,我们不知道在这座梨园深处有一座守园人的土屋,守园人大约是在巡园时发现了我们这群孩子的恶作剧。于是,他吆喝着并挥舞着一根竹竿过来了。男孩们纷纷滑下树,女孩们在惊恐中并没有忘记将手中的梨塞进衣袋裤包,我们朝着果园外的小路就像小兽们一样奔跑着,准确地说应该是逃跑着。直到我们跑到了另一片树林中回头看时,已不再看见守园人的竹竿在空中飞舞了。这时候我们一屁股坐下去,吁了一口气,从包里掏出青绿色的梨贪婪地咬了一口又一口,甚至连梨核也吞了下去。食物在这个时期除了充饥也滋生了我们寻找游戏的功能,我想,在饥饿年代奔跑起来后发现的一座梨园,它或许是上苍赐予我们的乐园,男孩们攀树女孩们蹲在地上拾果——我似乎仍然能感觉到我们的喜悦中充斥着慌乱和惊恐,直到守园人吆喝着竹竿从果园中向我们奔来,这真是一幅饥饿年代的画卷:浸透着来自另一个时代的食物和身体史记的画卷。它朴实的画面中跑出来的几个孩子将一只偷窃而来的梨喜悦地送到嘴边,咀嚼吧!饥饿的孩子,咀嚼吧!亲爱的孩子!

作为二十世纪六十年代出生的我们是真正经历贫瘠的一代人,这贫瘠不仅仅来自文化,也来自食物。从我记事到七十年代,整个家庭史的食谱基本上是单一的。尽管如此,从今天的角度再回到过去,我们惊讶地发现,那些简朴的食谱也正是二十一世纪的人们所追求的。那时候的菜蔬没有施人造化肥和喷洒农药,来自田野中的谷米、菜蔬、水果也是我们古老的祖先们品尝过的,鸡鸭肉品是靠家禽们自然生长而供人类享用的。所以,在那个年代,尽管我们吃的食物品类不多,但每一种食物都取自大自然的光泽滋养后,成为我们食谱中的充饥之物。除家里的食物外,我们没有任何通向外在世界的可食之物,当然,孩子们可以偶尔闹一场恶作剧到果园上去偷窃人间仙果。

时间穿梭而过,当二十一世纪突然拉开帷幕时,我们的食物已经发生了巨大的蜕变。二十世纪八十年代是食物发生变革的前夜,首先是来自街景的店铺多了起来,除了原来的百货公司,还有五金店、服装店、糕点店……毫无疑问,在我生活的那座小县城,自我们看见糕点店的那天开始,味蕾中似乎就已经飘忽过一种甜品的味道……事实上,糕点是我们这个古老国度很早就发明的一种民间和宫廷点心,在它细小的局部中充满着无数人工制作的工艺。品精美的点心就像喝茶一样需要逢着好心情。我记得母亲给我们从乡下带来的一大箱米糕糖,那可能是我此生中品尝过的最香甜的食品。我的舌尖上过了许多年后都还保持着它的原味,里边混合着麦芽花生的浆汁味,还有一种秘制过的糖精的味道。

二十世纪九十年代的商品开始大量批发上市时,我们的命运已同样像祖国的商品一样辗转着,我们已记不住饥饿史是怎样远离了我们。我从小县城来到了省城,在火车站看到了一节节货运车厢中的食品,之后,是整个高速公路时代的降临。在今天的中国,即使你去到一座最为偏僻的乡寨,你也会在小卖部的窗口中发现可口可乐、红牛等饮料。食物可以从大城市批发到县城乡镇再批发到乡村小寨……在元阳梯田还未成为世界文化遗产之前,我曾在元阳梯田边的许多小村寨住过很长时间。关于食物,我发现了两种食物文化的剧烈碰撞:我最喜欢到小镇的菜市场走一走,在里面我会惊喜地与许多在大城市根本不见踪影的瓜果野菜相遇,我还看到了用稻草捆绑起来的梯田鸭蛋……摆摊的都是当地的哈尼人,他们或男或女都身穿自己用土布绣制的民族服装。在这里的菜市街巷中你会看到竹篮中活生生待卖的鸡鸭,还有一头头黑乎乎的羊拴在旁边的石柱上……这是一个纯原生态的菜市场,偶尔路过此地的车辆会将车停在路边,将菜市场大量的蔬菜瓜果采购上车。采购者们个个满心欢喜,看得出来,他们终于在这个地球上最边远的一隅,发现了他们梦想中的那种食物的原形。当大量的外来人采购当地的原生梯田红米、瓜果菜蔬时,我同时也发现了另一个全球化的现实。当地的孩子们一旦从大人们手里要到了零花钱,跑得最快的一件事就是到村里小卖部窗口买下饮料、辣条等食物。一旦细看这些食物时,你就会发现这些包装好看的塑料袋里的可食东西，充满着地下造假工厂脏乎乎的伪证。这是一个满天下都在力图挣钱的时代，钱，是纸币，也是黑心人的爪子，它无处不在的企图只是为了超速度地将这些伪劣产品换成纸币。令人可悲的是，孩子们生长在原生态的村庄里，并不喜欢喝从树根下造出的泉水，也不喜欢这里的青菜萝卜，他们在盲目中追求着城里的孩子可食的东西，殊不知在这些非常便宜的食物、碳酸饮料中潜伏着可以破坏孩子们身体的毒素。

进入二十一世纪，表面上看去食物就像茂盛的向日葵般丰富而诱人，林立不尽的一座座大型超市的功能尽可能地满足俗世购物者的需求和喜悦。在里面你可以走上几小时，购物也是一种信念，它可以让你携带着你的身体在购物的天堂中花光你的纸票，让你的银行卡的数字向下递减，也许，唯其这样才能让你更努力地去挣钱。在那些小巷中的超市你可以看到居住在附近的居民们，他们中有老人中年人，年轻人要少一些……食物在我的国家丰富得像辽阔大海中的层层波澜，尽管如此，在我的周围以及更大的区域内，人们对于食物就像对待心灵一样已开始觉醒，当二十一世纪的人们寻找着自己的修行方式时，对于食物的追求同样也需要一种修行的理念。

信仰，成为活着的空气。人之信仰朝向天空的那部分，可以模拟鸟的翅翼,当你的信仰在飞翔时,你可以遗忘全世界去寻找自己的色空世界,这色空可以装下云絮和琴弦。而当你的信仰垂向大地时,你必须学会在尘埃中呼吸并咀嚼来自土地的食物,这信仰是色香也是菩提珠子环扣你手腕时出现的,一条血脉激荡的路。

二十一世纪的人们对于食物的选择出现了以下的三种现状:年轻人依然追求着时尚的食物,其中包括口渴时畅饮大量的碳酸饮料,吃淘宝上的零食,呼叫外卖来充饥,等等;一些整日呼朋唤友者则以聚会为理由,出现在城市的主流或寂静的餐馆,饮美酒品昂贵或低廉的圆桌上的食物;另一类人正在摆脱上述两种世界,他们开始追求简朴的饮食观,喜欢在家烹饪食物,寻找原生态食品以此满足自己越来越简单的味蕾。

尽管天下食物的世界已经成为载动经济再生的动脉纽带,我所向往的食物却在生活的别处,在云南的大山深处或盆地上的一座座村寨里,我品尝并观察到了食物与自然生活的诗意关系——

那是在香格里拉的德钦县,从梅里雪山沿澜沧江往前走,就会在阳光灼热的地带看见江岸的茨中教堂和一座村庄的原貌。我走了进去,除了法国传教士以神的名义建筑的茨中教堂,还有云南红葡萄酒的酿酒术。沿着青灰色斑驳的茨中教堂往外走，这座名为茨中村的村庄弥漫着自酿红葡萄酒的魔技，几乎每家都有酿酒的习俗。山坡上种满了葡萄树，这也是法国传教士引进的种植术，我曾在茨中教堂的后院中看见了葡萄树，看上去它们应该轮回了百年的历史。每次进入茨中村庄，一条从满坡葡萄树的中央衍生出来的小路会将我们引领到茨中教堂，同时也会将我们的呼吸引领到这座澜沧江岸上独特的村庄。在每一个村庄的庭院中也会看见葡萄树，总之，当你恰逢秋天进入茨中村时，你会看见满坡的紫葡萄垂悬在绿色的枝头，那些饱满的紫葡萄将我们引进了村民们的庭院中的酒窖，几只硕大的石缸密封在背阴的房间里，一阵阵葡萄酒在酿制中的时间之味禁不住诱引着我的舌尖。终于，村民给我递上来一杯葡萄酒，我端着那只当地人焙烧出的土杯，看见了紫红色的葡萄酒。那个秋天，我住在了茨中村，有一星期的时间我每天在葡萄园中漫步。最幸福的时辰在正午和日落之前，在这两个不同的时间里我和一户纳西族的家庭用餐。我们坐在庭院中的葡萄树下，餐桌上有煮熟的鲜玉米，菜地里的青菜萝卜和腌制的腊肉等，最重要的是每天都有葡萄酒。这无疑是我生命中品尝到最美的食物。食物也充满神性，当我坐在葡萄藤架下与当地的纳西族村民们分享着食物和美酒时，我们可以在两个不同的时辰中看见茨中教堂的钟楼。我看见了正午时热烈的时光和落日临近时的余晖，正是它们照耀着人间并赋予了茨中教堂以神性的光芒。除此外，当我略带忧伤地坐在木椅上品尝着葡萄酒时，我会看见山坡下那条深蓝色的澜沧江正西流而下，它将途经滇西北那些曾撼动过我灵魂的峡谷和山脉的走向……

我曾在两千多年前的博南山古道行走中，与当地的文友们来到了一座座被核桃树掩映的村庄用餐。这是两千多年前云南最古老的道路，是无数将士、神秘的僧侣、乐师们走过的道路，我们坐在半山腰的村庄，这无疑是神仙走过的地方，我们有幸坐在当地村民的四方桌前，品尝着那些用山坡森林中的野菜松针烧制的美食……在这样的时刻，我欣慰地感觉世界是纯净的，这简朴生活中的纯净，让我再次考问世景：如果地球将速度减慢，在食物上开始延续着我们人类祖先们的食谱录，那么，人类就不会制造如此众多的原子弹，地球的污染就不会像北方天空中的阴霾覆盖住人之心肺；如果我们视大地草木为春秋之神，我们的挖掘机和钢筋水泥就不会一寸寸地使大地失去种植术的乐园……食物越简单越好，而此刻，我所热爱之食物，像水一样清澈，像谷物果实一样饱满。

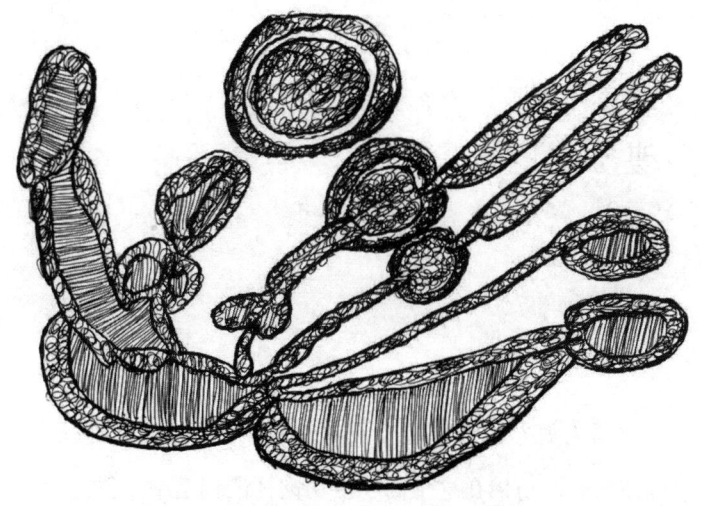

问候世界 用心语 编织

伸展四肢 触摸 准备飞翔

我心依旧 陪伴你出入

世界上那些美丽的风景中

2019.海男

灵魂

何谓灵魂？我们经常使用"灵魂"这个词，并且乐此不疲地使用它，仿佛在这个高于一切肉体的词语中，我们就能卸下从视觉下看过去的满天乌云的沉重和灰暗。很多时候，这个词，仿佛是一个存在而又看不见的伟大的神，在引渡我们从此岸到彼岸。

这是我置身怒江大峡谷的一个早晨。我走在江岸，这是一条铺满砾石的岸滩。我蹲下去，触抚脚下的石砾，一群小学生背着书包过来了。他们边走边说话，声音节律仿佛在唱歌。有的孩子一边啃着包谷洋芋，一边走到我身边。我问他们去哪里上学，学校远吗？他们用手指了指三百米外的溜索渡说道，学校就在江对岸,他们要乘溜索过江到那边去上学。

这是一场惊心动魄的上学记。我情不自禁地跟在他们身后,脚掌心和鞋底在砾石上穿行。孩子们都在十岁左右的年龄,这个年龄的孩子大多是小学生。看见他们急匆匆乘着曙光往前走,我听见了他们的鞋底与砾石接触时发出的声音。我同时也听见了自己的一双白色旅游鞋底下发出的摩擦声。

之后,我就跟上了他们的速度,很快就到了百米外的溜道。孩子们看上去已经习惯了乘溜索过到江对岸,而且他们排成了队列,因为有一个老人守着溜道,他们自然而然就形成规矩。那个最小的孩子抓住溜索先过去,这个速度像风一样快,还没等我反应过来,那个梳着小辫子的女孩已经站在江对岸了。

总共有七八个男孩女孩,他们转眼间,都已经到江岸去了。这只是几分钟的时间,他们已经顺着江对岸的小路消失了踪影。这个过程在时空中反反复复出现在我的眼前,它仿佛像是一道影像,充满了惊悚。只有在回忆中我会触抚到孩子们手抓住的溜索,而空中划过江岸的速度,像是古老的旋律,每次回忆,感受到的仿佛不是孩子们的肉体在穿行,那么到底是什么在穿行呢？

　　灵魂，后来我明白了，是那风一样穿梭而逝的速度，将孩子们的灵魂护送到了江对岸。我不知道最后是怎么离开的，好像后来又来了一群村民过江，他们还带着农产品要到对岸的小镇上赶集。不过，那已经是太阳辉映大地的时候了。

　　很多年以后，在我的记忆深处，一群来自怒江边岸的孩子们在天边出现晨曦时，已经穿过雾露，脚踏着江湾中灰色的砾石走在上学的路上。而他们手抓住溜索腾空而起的时候，分明是他们像雏形鸟族的翼翅在穿行，我寻找到了灵魂的存在和旋律。何谓灵魂？过了多年以后，我在孩子们穿越怒江大峡谷的一隅，感知到了那一个个幼小的灵魂在穿越一条江流。后来，他们将脚落在了江岸，去抵达雾露中的学校。

　　灵魂在哪里游荡呢？多少年来，我每年都有沿云南地域线路行走的习惯，在离开书房之前，我都会告诉依墙而立的书架上的那些灵魂：我会出门一段时间。而且会在花瓶中插上一大束粉红百合和玫瑰，让它们相伴书架上那一颗颗跳动的灵魂。我能感受到那些伟大而寂寞的灵魂在向我做短促的告别，我们都相信，离别是短暂的，相互厮守才是长长久久的。

那是在元阳梯田的普高老寨的火塘边，我们几个人从巨雾中的梯田走到了普高老寨村的村庄，是为了聆听一位哈尼族老人的歌唱。一月份的元阳，天气寒冷，而且每天都会被巨雾笼罩着。走到火塘边，你会感觉到温暖渐次袭来，之后，我们依火塘边坐下来。火塘，也是每一户哈尼人重要的生活场景之一，人们的俗世生活无法离开火塘，从哈尼族人古老的记事年代开始，火种伴随着哈尼族人从青藏高原的战乱中向大西南迁徙，只要保存了火种，就有了生命的繁衍。

火塘里保存了永恒不灭的火种。那天中午，我们围坐在火塘边，哈尼族的一位老人来了，他七十多岁。他坐下不久，我们就开始喝上了哈尼族自酿的米酒，火塘边弥漫着浓烈的烟雾，我们边喝着米酒边品尝着烟熏肉……时间到了，那位哈尼族的老人有了酒意，仿佛就寻找到了他歌唱的旋律。就这样，他的歌声从火塘边的烟雾中开始升起。

一种古老的音调，从火塘边升起，围坐在火塘边的每一个人都微眯着双眼：老人的音调或高或低，仿佛正沿着无数个世纪以前的暗夜出发。我早就听说过哈尼族的先民们是因为战乱，不得不从寒冷的青藏高原向南迁徙而来。老人唱出的音调就是追忆祖先的迁徙之歌……虽然我们无法听懂使用哈尼族语言唱出的歌词,但我们能跟随忧伤悲壮的音律蹚过高山森林或峡谷。

我们感觉到了音律引领我们去到了上千年以前的世纪,不知道为什么,眼眶里面开始盈满了热乎乎的泪光,这泪光被火塘边的烟熏着,被老人充满神性的歌声激荡着。我甚至分不清这是被烟熏出的泪水,还是被歌声激荡出的泪水。坐在火塘边,唯有灵魂离歌声很近,我仿佛同样变成了上千年哈居族人迁徙史诗中的一员,正在荡过河川,穿越原始森林中的屏障……

灵魂,是一个经常在文学艺术范畴出现的词语。我们与灵魂始终保持着若即若离的关系,所以,我们才时时感觉到与灵魂的关系,就像我们的贴身内衣与肉体的依附感,只有温热的肌肤会融入贴身的内衣中,它们的依附有柔软、触抚。灵魂,又类似一男一女性别的存在,男人是阳,女人是阴。男人也可以是泥巴,女人也可以是水……这些时间中的比喻,在其中,都有灵魂的存在。

凡是生命都有灵魂,在云南的许多少数民族地区,村庄里的石头、树林、河流、云彩、谷物都是有灵魂的，从古到现今，每个民族都有他们从祖先那里沿袭而来的祭祀节日，去朝拜家门口的树林、石头、河流、云彩、谷物……在祭祀中，每一座村庄无论大或小，都有他们的祭司。凡到节日，村里的男女老少都会跟随祭司去拜谒他们内心充满神性的事物。

祭祀中的物象，都有灵魂。就像一块石头是稳定的，它默默无语地盘踞在某处，表面上冰凉坚硬，而内部应该有比冰凉坚硬更永恒的东西，那就是灵魂的存在。因此，人们祭拜一块石头，定然是在朝拜它的灵魂。还有河流、树木、云朵、谷物也有它们的灵魂，人们之所以从古至今去祭拜它们，也就是去寻找灵魂的再现。

灵魂出现在有光的地方，也必然会出现在被黑暗所缭绕的时态之中。作为一个写作者的我，必须经常面对自己和他人的灵魂，写作所具有的特质和语言魔法，较之其他的自然科学、经济和政治的学科，或许它离我们称之为灵魂的现象要更近一些。其实，越是离你最近的现象，离你反而更遥远。就像藏在抽屉里你保存的情书，其故事早已经逝去，写情书的人早已在帷幕中消失了踪影。你拉开抽屉时，追溯的只是一个过往的灵魂。

什么是过往的灵魂？这一刻，写下这句话的时间，是一年中的最后一个月，也是一年中最寒冷的时间。倘若仅仅是面对灵魂这个语词，你可以感觉到灵魂就是一场飞跃，很像你从一个低谷中纵身跃起，刹那间，你脱离了俗世的烦忧，就像长出了翅膀，飞了起来。近些年，许多身患抑郁症的人最后都选择了从高处坠落，这是一种残酷的图像……我愿意闭上眼睛，不忍心，也没有勇气去想象这一幕的终曲。

然而，我更愿意让灵魂去到别处。灵魂有两种跃起的魔法：其一，它应该像旷野中奔跑的野兽，没有任何的锁链能够限制它们的肢体，那含着骨骼热血的身体，灵魂忽隐忽现，朝向开阔的灌木丛林，这样的灵魂，必将在自我的激情中接受那个无界无限的尽头，并终将疲惫地倒下，成为荒野之上的一种风化的石头；其二，它应该从成为生命的附体之后，就接受天与地的驯服和熔炼，在面对人类的苦难中陪伴生命历尽时间的每一场战役，这样的灵魂必将是每个生命温柔的伴侣。

灵魂是什么？完整的艺术结构需要人之心灵去创造，浮躁的时代产生不了贯穿艺术史的作品。文学亦如此，我们只是无限悲哀地去接近语言……就像农夫在疲惫中看见他们世世代耕种庄稼的土地，突然有一天被钢筋水泥所覆盖时的悲哀。如果有一天，真的有那么一天，地球不再需要语言去构造心灵史的宫殿，那么，语言该去哪一个星际漂泊流亡？

在何处安放灵魂？这又是另外一个问题。人，出生以后就在布满尘埃的人世间成长，无论是接受哪一种教育，其因果都是为了生而为人后，再成为一个真正的人。成为人的道德标准很多，尽管每个人都在天穹与大地之间行走，但后来每个人的命运却都不一样，这世间绝对没有同样的两个人。自然界也不会有同样形状的两棵树，天空中也不会有同样的两朵云。

所以，也同样不会有一模一样的两个灵魂的存在。万灵之所以赤裸裸地来，是为了用赤裸裸的肉身去寻找自己的灵魂吗？潜在的灵魂，我们生命的灵魂是用来干什么的？它有何意义？那一年，我沿着云南的又一条江流澜沧江往前行走，这是梅里雪山下的澜沧江岸，我发现了犹如手背上过了年岁以后呈现出的，一条条青筋般隆起的小路。倘如你站在江岸往上看，山冈上的小路又很像曲线，忽而弯曲忽而直立……我顿然感觉到了神曲，简言之，是我体内不安定的、敏感而又仁慈的灵魂牵引我感受到了那些铺满了时间苍茫的小路。

澜沧江岸以上的各种海拔中，布满了人走出的每种奇异的小路，其中有几个世纪之前马帮、传教士、僧侣、刺客、琴手、流亡者留下的众多足迹，它们像是前世的一道道符咒。而我们一旦从澜沧江岸往上走，会以层层上升的海拔进入这些犹如经书吟诵的慈悲或前因后果之中。路，每一条路上仿佛都有众神在此停留，能够感受到神意弥漫的人，已经让自己的灵魂从体内跃出。

站在山冈上俯瞰澜沧江时，能看见青蓝色中的黑色，它们在逐渐地变幻，随同你的视触觉、情绪、审美，澜沧江江面的窄小或宽阔都像是你灵魂中的尺度，每个人，每个生命都拥有自己的尺度，它是灵魂中的标准、游戏规则。

我至今仍然时时回到儿时成长的庭院，其中，与两棵紫薇树的记忆有关系。我亲爱的紫薇，总是以时光的编织术，反复地出现在我的语词或油画色泽中，两棵树的形状总是像伞状般撑开，在我久远的记忆中，它似乎从没有枯萎的时候。其实，紫薇的开花是有季节的。

两棵紫薇树在记忆中总是绽放出绚丽的花朵，是因为它在我身体的灵魂安住了太长太长时间。为何我的灵魂无论世事如何变幻，总能与它们长相守呢？这是因为我儿时醒来的第一眼，看见的就是满枝头盛放的紫薇，在那些无限贫瘠的岁月里，门前的两棵紫薇树，抚慰着我的眼光。每天早晨起床后，我都会跟着母亲，手执扫帚去清扫树下的落英。美，有些美，总是会坚韧地陪伴着你，直到如今，我仍然能在越来越枯朽的记忆中，回到那座二十世纪六十年代的滇西庭院，回到两棵紫薇树摇曳的春光中去。

灵魂，本是一个抽象的语境，它却与我们的肉体生活时刻相依相傍，这有点像生命与空气的关系，人一旦离开空气，就会窒息。有时候，当我们在变幻无常的世态面前无所适从时就会求助于灵魂的相伴。尤其我们所置身的二十一世纪，很多人不知不觉已经患上了焦虑或抑郁症……这是一个前所未有的世纪，随同强大的无所不在的互联网时代的降临，许多传统而古老的生活习俗已经离我们远去。

比如，阅读纸质书的习惯已经从更年轻的一代人中渐次消失了，纸质书的出版市场从来没有像今天这般萧瑟过，从青少年、中年到老年人手掌心都已经无法离开手机。我预感到多年以后，家庭中应该没有书架的位置了。为数不多的年轻人手里捧着电子书阅读器在阅读。这是一个无法篡改的现状，手机成为现代人的玩物或掌上工具。

我认为关于阅读,电子书与纸质书之间存在着灵魂的问题。当然,这个问题只是就我而言,我曾试过阅读电子书,从实用性来说,一本小小的电子笔记本,可以容纳无数纸质书的内容,它符合现代人的简略。书,传统意义上的纸质书,每一本就像砖头般沉重……而电子书丧失的恰巧就是这种沉重。如果我们用小学生、中学生的书包来举例,轻盈的电子书和像砖头般沉重的电子书,就能产生不同的意境了。

我们可以这样想一想:假若从小学到中学,书包里只背一本电子书,从现实的意义上来说,书包的沉重消失了,孩子们可以在轻松欢快中奔跑着进学校,这当然是一种意境。然而,书,纸质书的形象,从古至今关于书的渊源也就从孩子们的世界中,乃至从生命中,关于学校到教育的历史逸闻中消失了。

另一种意境从古至今仍在今天的中小学,乃至大学的教育中延续:学生们都肩背一只书包,不管家长埋怨孩子们的书包有多沉重,有远见的家长总是让孩子们从小学到中学,独立地用肩膀承载自己沉重的书包。

背砖头式沉重的书包和背轻盈的电子书的书包,完全是两个世界。纸质书的工艺,源于古老的自然和印刷术,我相信,每一本纸质书中都潜藏着那个即将前来陪伴我们的灵魂。而电子书当然是文字的浓缩本,是互联网的产物。当我们翻拂一本纸质书时,能嗅到书籍的芬芳,而且每一本书的装帧、工艺、出版都是唯一的,你能在纸质书中遇到你渴望的灵魂。在冰冷的电子书的阅读中……你们能遇到书中的灵魂吗?

何谓灵魂?它就是我们身体中陪伴我们的一条漫长的旅路,无论我们身置何方,它时时刻刻忠诚地陪伴我们去经历人世间的所有磨砺。无论我们是身心怒放还是凋亡,那个被称为灵魂的使者,总是陪伴我们从家门口走到世界的尽头。

上升到一场灵魂的涅槃
再没有波浪卷走亲爱的往事

2019年 海男

手工记

互联网带来了什么？迅猛的发展速度必然让人丧失更多生活的手工技能。写作也一样，其文体必然要带来属于个人的革命。当然革命这个词对很多人来说是政治的革命。其实，从词根上研究，它带来的是历史与命运的链接。我们如何连接互联网下生物体的命运，面对高科技的不断高速发展，许多东西必然灭寂。尽管如此，我们这代人是幸运的，走进原始森林，我们仍然能看见猛兽在奔跑。乡村外仍然有沟渠播种，城市仍然有来来往往的人在贩卖土豆白菜……终其一生，只要有肉身就必携带灵息。写作，就是在灵息中追索。我们在疾风之刃中感受到的心跳，它就是互联网时代无法改变的时间轨迹。

焦虑和忧伤是写作者必需的元素，因为你身体中承载世间的艰辛和苦役。一个每天唱着高亢洪亮歌曲的人，只唱出了人世的喧哗。所有通向语言的道路，就像伟大诗人但丁的经典《神曲》，我们在地狱和炼狱中，通向了天堂的道路。

此刻，又开始触摸语言，语境是需要偶遇的，就像旅人，从房间往外走，所遇到的时间地址、背景墙壁，都是写作者游离的空间。旅人在天地间留下了自己的辙迹，接受来自路上的陌生风物和面孔。写作者终其一生都在路上，房间里的写作者，可以通向每一座庭院城堡、鸟栖身过的树枝、人途经过的痕迹。语言在复述着写作者内心的距离，它趋近的海洋和内陆，省略过的、未说出的言辞，都需要在自由中练习内敛和克制的能力。写作就像是情爱关系，有赴约拥抱，彼此相爱中有松绑，给予相爱者空间，去幻境中造梦，唯如此，你写下的诗句或书中的故事，才充满未知的惊叹号。天气寒冷，好像飘雪了，云南的冬天很温暖，很难遇到雪境，语言也一样，再不可能发现奇迹了。

身如轻燕，该舍去的舍去，不该带走的绝不带走，这是写作中的美意。天空碧蓝，向一只伟大自由的燕子学习飞翔——这是写作中的形而上的境遇。

晚安，灯火阑珊外古老的村庄，这些即将被人类文明进程史遗忘的角落，只有依赖于新的符号学，才能保存在极少数人的心灵史记中。因此，这一代人的写作意味着在新与旧的速度中，寻找到旧时代的叙事、新时代的结构。就像古老的土坯屋有无数幽灵穿过。聆听吧，那些前世的耳语、今生的传说。我喜欢途经那些有人文话语权的遗址，蓝天依然蔚蓝着，就像永恒的灵魂伴侣永远在等待着我晚安！

诉说和写作，是贯穿一体的。就像风吹绿了干枯的枝条。互联网时代，只有极少数人保持着拂开纸质书的习惯。迅猛的高科技将改变人的智慧。尽管如此，纸质书的芬芳，来自书脊、扉页、目录，以及著书者的名字，仍然是我们这一代的所爱。我偏爱纸质，偏爱枕边书的那些来自语言的诱惑。亲爱的，你跑哪里去了？请带上书籍，带上我，带上我的钢笔、色彩，去一个遥远的温柔的领地生活、写作。

尽可能保持安静，我们没有时间去寻找时间。坐下来，接近《海拔》，它是我近期将完成的长诗。在《海拔》中有贫瘠、丰盈；有云梯和人间；有物质和灵魂；有水乳大地；有未尽之爱；有约定的光芒和黑暗；有耕地、纺织；有巨大的时间之兽,让我们穿梭不息。写仁慈,写卑微,写羞辱,写疼痛,写厌倦,写幻象,写生死,写轮回,写热烈,写冰川……

在人间好好生活,这就是写作。我出入着时间的轨迹。弹指间,岁月途经处,人间是一座座古老的旧城堡,访问这些烟火升腾又落下的古堡。写作在此驻守,语词就像尘埃的颜色,就像星宿日月在变幻魔法,语言也需要变幻色彩。亲爱的生活,我爱你,尽管时间穿梭,我只是人生过客,然而,飞鸟在人心中拍起翅膀,万水千山下是我的人间!

那时候,我还年轻,身体的语词从朝露和暮色,总能忍住雀跃和忧伤。从笔尖下流出的蓝墨水,让写作从源头开始,走了很远,增加了行李和车船票据,同时也累及人世苍茫的风景。每一个人世所抵达的,只是前世的一个驿站,而未抵达的在今世和来世之间辗转。写作,所面对的是世间渊薮,迷离中我们一次次完成了自我的熔炼。曾在云南陡峭的青灰岩下行走,曾看见忧伤的黑麋鹿脚下的灌木中,突然跃出的一片蓝色的鸢尾花,是的,我看见的,就是来自我身体中的语言,我未看见的,幻想中的是神性赐予我的魔戒。

无论去哪里,都有期待,像一只蝴蝶般飞翔,用其轻盈身体中的翼羽，去飞翔，这是我从幼年就开始追逐的一只蝴蝶，它贯穿了我一生。一只红色的、微蓝色中有红色，一个梦，延伸在写作旅路上。它漫长。需要一个人掌握孤独的谜语，方能将写作进行下去。喧嚣和聒噪与写作无关，写作者永远在语言背后，从不露面，这就是写作的秘密。又一个黎明，我喜欢拂晓，干干净净地抚摸万物的灵魂，带着喜悦。写作中的彷徨，会让我偶遇未知和此刻的亲密关系。

写作，这件事，是注定要发生的事情。面对这件事，只有跟自己商量，怎么写下去。写作越来越艰难，犹如一场看不见的远征。只要你想靠近语言，就像遇到无穷无尽的问题。写作就是解决问题，每一个冲突。每一个词语，每次历险，你置身其中，你是目击证人，也是局外人。这就是写作者的双重身份。写作者激动着、快乐着、沮丧着，最终将自己送到了语言的燃烧中，渐次冷却，成为铭文或传说。

有多少记忆已随风远逝？我写作，因为时间让我找回了自我。没有自我的世界，就融不尽眼前迷障——时间过去或现在以及将来，就像鞋子下延伸出去的曲线。我们在个人历史中便融入了另一种历史——身体中的历史，它有时喊叫，有时沉默，有时歌唱。历史细如蛛网，让我们谨慎言行；有时悲壮而辽阔，让我们心生敬畏和悲悯。

在一个充满山冈、盆地、荒野和寒川的版图中生活，时时刻刻感受到从热谷到原始森林再到白雪茫茫的尺度。这伟大浩瀚的尺度，是生灵者的存在或虚无，是艰难人世的符号学。开始了长诗《海拔》的写作。愿世态吉祥，万物万灵彼此守望。

安静，唯有安于栅栏壁垒的生活，让我们读完一本书，认真地完成一件事。变幻无穷的世态，互联网下，电线杆上的燕子在练习独舞——生命尽头的潜力，浮在水面是波澜，藏在水底是珊瑚。

热爱米兰·昆德拉已多少年了。此刻，想象着他的衰老，在漫长的流亡生涯中他《生活在别处》的处境。想象着他的《玩笑》，一个作家用尽一生所追索的《不朽》，以及置身其中的《帷幕》。生活的艰辛，写作者的孤寂，人生的变幻无穷，就是《生命中不能承受之轻》的意义吗？

一天中的开始，要让自我出现。没有自我什么都是空谈，就像没有纸，笔就没有功能，没有蓝天，就没有海水的蔚蓝，没有土地就没有向日葵，没有众生就没有涅槃。接近年关，外部世界又开始了不安,人们在归乡和异途中彷徨着,再加上诡异变幻的全球疫情,每个人,其生命都在历经着煎熬。早诵完经文,这是我每天黎明前夕的仪式,遵守生命的意义,从仪式开始。看啊,黎明降临,我们又开始了生活,在布衣的窸窸窣窣声中,灵与肉或隐或现……每个人都是唯一的,叙事是唯一的,命运是不可替代的。

何谓隐喻,家像星宿中的房间,黑暗终将撤离地平线,每一次拂晓,让人心雀跃而起。走上这条褐色小径往下走,就能看见华宁的西沙映月,泉水从白沙涌出,这个景观让我往下走,看见了泉涌。隐喻住在我们的身体里,它是未言说出的意义。这个早晨,微冷、无风、安静,鸟巢中的鸟尚未飞出,我起床了,总是要起床的——那些从沙漏中涌出的隐喻啊,那些晶莹剔透的事物,那些陌生的语境,为何缠绵于时空?早安,亲爱的人。

蓝色波光的夜是值得瞩目的事情,在时间分秒幻境面前——就是一部电影或者史诗的源头。愿我们的祈祷,像甜蜜的蜂箱,明日呈现;愿我们成为语言中的语言,耳语着,如风铃声悦耳着窗户外的春天。

晚安，愿我明天睁开双眼，花篮中的玫瑰已全部绽放。因为红色，因为每一朵红色的花，都是太阳带给我们的礼物。我爱你，爱你们，在这只美丽的花篮中，有一个我们赴约的春天，它一定会降临。秘密就在花篮中，写作和人生，必须充满了虔诚的等待，朝圣者的虔诚等待，定将黑夜载往曙光中，就这样，我又想起了满山遍野的向日葵，这一夜，我必须被这些意念所拥抱。晚安！

如果所有之间，虚拟了一条漫长的旅路。我们往前走，也在往后走。写作在这条反反复复的辙迹中，聆听和观测——都来自我们肌理间的时间。只有一个有温度的身体，才能写出浮世的末路和造梦者的异域。

天亮了，愿天意与我们守望时间的分秒流逝。祈愿众神引领我们的迷途方向。又揭开帘布，听见鸟语在枫树上演奏着新的旋律，我们需要语言、旋律、悦耳的歌曲。今天有一场约要赴吗？在语言里，在语言所揭开的屏幕指纹下——我们从容地面对这人世的叙事曲。你好，亲爱的生活！

心依旧，它的命运是灵魂的节奏。此生虽苍茫艰辛，终不辜负日月光华的垂爱。我的云南就是我的语言版图，回到素朴的大地，安静的人间。此刻，高速列车在远方疾驰，全球的疫情仍加剧着生命的忧虑。过往的彩云啊，头顶上的飞鸟啊，地上的尘埃啊，爱我的人啊，我是多么挚爱你们！

一条路有多少幻象，一个梦要有多久才醒来，一个人要爱多久才到尽头。

我的命源于时间那丰茂而变幻无穷的词根，从晨曦开始，冷水澡让我清醒，诵经让我虔诚而获得每天的觉悟，多么美啊：

一切有为法，如梦幻泡影，
如露亦如电，应作如是观。

语言是脆弱的，它需要你用心去寻找它，否则它就会消失。所有的语系，散布于时间，那静寂无声的帷幕中。我喜欢帷幕，人与人之间，事物之间的，河流山川的，语言之间的——是时间带着你的身体面对帷幕。我们就生活在帷幕之中，隐藏或脱颖而出，充满了未知性。正是因为那些不可言说的成为写作的词语，正是那些不可言说的成为生命力中的倾向。没有永恒的天长地久的时间，因为时间是流逝的，这流逝或变幻，让我成长，知悉人世艰辛，对于生活或写作，它的孤独，才是恒久的。日月为什么生辉？因为它们撤离，重现。生活于我，除了词语，就是默默地接受命运的安排。每天醒来后的安静，就像是不眠之夜，你进入长夜，数之不尽的星宿就像粒粒尘埃，总能安息于大地之上。有鸟语声过来了，没有风，春天快来了。

在疫情时代，仍然有纯净的大地和蓝天。云南以南，过五里，再过百里以外，那祥云下的村寨，可以被现代化和欲望的奴隶们所遗忘。然而，它却依然保存着后科技时代中的前世之颜。绵延的词根在喧哗和聒噪之下安静如初，却汹涌着尘世的语言，讲述着人类的故事。如此赴约于世间万物，命运中的历史将云絮变幻于我的生命中。

我们不需要疾驰的速度，但我们改变不了现状。如何在巨速中安心？开始写作时，就像鸟飞回屋檐下的鸟巢。如果我们能像一只鸟一样用飞翔捕食，便延伸出了生命体态的生机，在飞行中不断地借助蓝天大地之物取悦自己的灵魂。如果我们能像一只鸟一样，衔起一谷粒，就心生欢喜回到鸟巢，那么，我们就能与疾驰的速度和谐相处。

云南的旅路就是我身体中的版图，从出生到现在，一直生活在西南边陲。从伟大辽阔的滇西我认识了金沙江，我的幼年就是在金沙江错落的峡谷中，找到了灰蓝色的岩石。我跟着一头羚羊，小心地跳过沟壑，纵横的羊肠小道之外是另一些被蛇和巨兽走过的痕迹。我还看见了怒江大峡谷的惊涛、澜沧江沿岸的村庄、亲爱的滇西、经书铺开的长卷，如虔诚诵经者的泪光。我一次次地出入着、彷徨着，每一朵云，地上的植物都是神祇。在过去的逝年中，我几乎走遍了整个滇西；之后，我的旅路开始向滇中滇南出发。亲爱的云南，你的版图，足够渡我生命之彼岸。人生有无数相遇，无数告别——我们的一生，作为写作者的光阴，就是在语言的浩瀚无涯中相遇和告别。词语那神性的时间，总是有来往的生灵们，启迪我、引渡我、穿越我身体的爱，挚爱者的存在、万物万灵的形象，就是我旅路上沿途的母语。

哪怕是茫茫长夜，仍有灯光明亮，腊八节，每一个民间的节日都令人欢喜。晚安，我们促膝长谈，是为了等待天亮。

这份礼物何其重要？二十世纪九十年代初期，我遇到了米兰·昆德拉的作品。那是一个读书的好时代，手机微信智能网络尚未降临，我跟同屋的迟子建（我们在鲁迅文学院与北师大合办的首届研究生班上学,同屋两年半)每逢周末就到王府井书店买书,到中国美术馆看画展,背对背地写作。昆德拉的《生命中不能承受之轻》《生活在别处》(作家出版社首版)走进了我的阅读。那时候,就爱上了昆德拉。他的小说叙事、哲学诗学、历史学、心理学充斥其中,是影响我语言和阅读史的最为重要的作家。是昆德拉和众多语言结构大师,告诉了我什么是个人写作、语言与自我历史命运的诗学时间关系、如何使用语言。在这个并不安定的时间体系中,世界体系和自然,都进入了一种被互联网所演变的时代。尽管如此,仍然有人在使用心灵的艺术写作绘画。感恩诗人翻译家李寂荡赠与我米兰·昆德拉的肖像,这幅肖像就是我二十多年来所热爱的昆德拉,作家脸上的苍茫和时间就是《帷幕》《玩笑》《生活在别处》《生命中不能承受之轻》的昆德拉。感恩这份珍贵的礼物,只有通过心灵绘制复述所创造的作品是美好而永恒的。

生活中需要问候早安,起床是必须的事情,告别床褥,在冬天尤其需要勇气。一个人的勇气不需要培养,它是习惯,当自己一旦被某种声音召唤,就会聆听,声音和聆听者都是虔诚的。在热爱时间的人群,我是其中之一。生物钟从早到晚,一个循环,用于在树枝摇曳中,将身体用于劳动。早早起床,完成诵经,需要两个多小时,喜欢听到自己用干净的手拂开经文,一页页往后翻的声音,有闪电必有伟大的佛陀。之后早点,为自己沏茶;之后八点就能坐在窗帘下写作。严谨的生活方式,实际上如此美好柔软。春天快降临了,寒夜散去,身为女人的我,仍然穿上裙子,在房间里写作——这漫长的约定,是命运,不再可以修正,我接受它。世界辽阔,有些事,永远不变,犹如花开花落,四季轮回。写作在轮回中继续着,喜鹊知了燕子们在叫唤,万灵竞放,日月共生辉。生活与写作,是我存在的理由。

性别学,就像太阳和月亮的关系。这一刻,下午西斜的阳光,仍然热烈。每个人,从降临人世的那一时刻,都在完成孤独的训练——就像写作,涉及数之不尽的词条,还需要用之于结构学、美学、神学。就像你的手伸出去,是在触抚、劳动、通灵。你喜欢的人很重要,无论是男人女人,他们彰显了你的过去,又将未来链接。

细节,在小说诗歌文体中极为重要。只有看见尘埃的人,才会看见爬行的蚂蚁、飞翔的燕子。小说不厌其烦的啰唆,从夹缝中升起的光亮,就是人生。能写好细节的每一个方寸、凹凸、阴郁和微光者,则是携带时间寓意引渡黑暗抵达内陆者。晴朗的一天,光芒如此重要,此刻,我心永驻!

我曾说过，伟大的神性都是冰凉的。阳光出来了，云南的冬天，只要有阳光，就是春天了。上午写长诗《海拔》，越过低处到层层叠叠的经纬度，有多少生命在为其自身存在，寻找着居处、食物。有些物种已经消失，生物圈濒临着更严峻的无常和变幻。《海拔》即我们生命中的热或冷却。就像爱，忽而风暴闪电，忽而烈火冰川，这就是我身体中的《海拔》。午间，收到女诗人施施然的一幅钢笔画，画像像我吗？我凝视着画中的眼神，感恩另一个美丽女诗人描述了我眼神的深渊，它是一个幽深的、迎向光芒的深渊。

醒来是一件事情，意味着洗漱，干干净净地回到人间。我们面对生活时，其实很简单，温饱和健康就足够了。但为什么面对精神会起伏振荡？因为精神是一个非常丰富复杂的序幕，每天当我伸出双手去揭开序幕，都会情不自禁升起一种仪式感，以朝圣者的虔诚去创造仪式，发现我们生命从俗世中产生的奇异现象，这就是精神的版图。写作和物质生活并不冲突，因为它是物质生活中的最高级的物质。历史中的历史，生物圈中的跳跃、纵横。沉默中的火焰。早安，当我面对窗帘时，已经揭开了它。外面是晨曦、俗世。当我开始喝水时，已经在酿酒；当我说爱你时，已经在礼赞未来。

这是我的秘密花园，它有灌木、溪流、碧云蓝天。在一个十分偶然的时间里，我来到了画室，奔向画室前，一阵莫名的心跳，仿佛我在花园中行走，这是人类花园的局部吗？在我用钥匙打开门之前，我仿佛就在那座花园中行走。尽管地球的历史太古老，人间疾苦缠绕着众生，但生命的精神体系却支撑着我们的生命。打开门，迎着画室中的光线走上前，将画布支在画架上，再使用色彩。顷刻之间，我的秘密花园仿佛打开了大门。很长时间，从我画画时，就想走进这座秘密花园，当自然生态遭遇着时间的轮回辗转，我们总是要寻找到内心的梦想，犹如人类群星璀璨的庆典。直到如今，我仍然能回忆起完成这幅画作时的欢喜，它就是我亲手绘出的秘密花园。那个春天，我在画室中漫游，手中是画笔，画布上是色彩，我听见了溪水畅游着树根，我感受到了无数绿色藤架攀缘上升，从花园中打开了天穹圣顶。

没有黑暗的笼罩，我们就没有卧室、灯盏、枕边书——有限或无限的黑暗，带来辽阔的夜幕，夜行者独自一人在皎月下行走，必有神灵在引渡。黑暗，是永恒的，一个没有经历过漫长黑暗熔炼的生命，如何去礼赞朝我们身体奔来的火辣辣的阳光？

诗歌在落地时，才充满了词根，而每一个词根都是朝上生长的。犹如麦子、玉米、向日葵——这是中国古典诗词的美学，也是所有使用母语写作者所追索的诗学理念吗？我是这样追求的，这与我们的天空和大地有关，天与地互相厮守，落地的词性带着泥沙，肉身的味道，而词根向上时则飘忽着来历不明的风和羽毛的——轻盈而又幻变的力量，这是灵魂吗？

只有在夜晚，才能充分验悟黑暗有多幽静。所有事物都需要借助灯光才能看清楚，所以世界上需要发明烛光、灯笼、手电筒、马灯，甚至手机也可以照明。晚安，亲爱的，我爱的人。

陀思妥耶夫斯基说：对具有高度自觉与深邃透彻的心灵的人来说，痛苦与烦恼是他必备的气质。

孤独也如此，如果一个人融不进孤独中去，那么就失去了在孤独中享受飞鸟、流水的声音，也进入不了更幽深的灵魂中去。隐藏，是一道自由或独立的深渊，走进去，有温暖或冰雪，我们在此拥抱，是为了在辽阔的宇宙间找到安居地。告别或相聚，永远是人生的主题。

午后，安静安静！已经是早春的气候了。一天过得有多快？写作中篇小说《能同行偶遇在这个星球上》，题目来自张国荣的一句歌词。快接近年关了，其实，我们这个时代早已丧失了幼时过年时的乐趣。那时候，过年能穿新衣服，父亲会扛着甘蔗回家立在门口，意味着一年甜蜜。现在的年关，有多少人在逃亡的路上？有多少人看见了父亲母亲？有多少人尝到了年夜饭的香味？

我们的内心挂满蜘蛛网，也可以垂帘白色的巨瀑。蜘蛛网和瀑布是完全对立的景致。蜘蛛侠织网时是孤独的，从吐出的一根蜘蛛丝开始，要忍受在空中的悬浮感、天气的变幻莫测。将一根蜘蛛丝织成硕大的网，就像写作者从一个语词延伸到世间万物的属性面前，且要隐蔽战线，才可能完成一个词根延续出去的地平线，而且必须像蜘蛛侠一样织出千万根盘桓的线条，有密有疏有粗有细……具有韧性弹力，即使暴雨倾盆而下，也无法改变它的承载力。至于水帘之下的白色巨瀑，那是多么壮观的景象啊，我们从低处看，倾听它从山顶垂直而下的旋律，那雪白色的飞蝶，仿佛扑向人间就是为了唤醒我们的冷漠死寂般的神态。这是另一种写作者的存在，如能将蜘蛛侠编织的网与巨大的瀑布相融一体，我们的人生或写作就充满了密织的韧性,迷宫般的花园小径,通往星际深处,还能观一帘伟大的瀑布。

黄昏散步,风吹树叶,感觉到春天快来了。风量很大,它剥离了残枝落叶仿佛是在为树身洗澡。之后,树体又重生,就是春天了。我跟春天有一个重要的约定。近日听二十世纪九十年代的老歌,极想回到那个时代。太平静的生活规范,会失去语言内在的呼喊与细语。我们需要与同时代融为一体的疼痛或焦虑,同时也需要表达语言的先锋精神。文体的结构,语言的实验——要契入生命的本质,这一代人活着,并为之探索语言,新的美学原理是飞跃的,写作中的任何文体,都更准确地表达我们灵魂的存在。灵魂,是泥沙、矿石,也是星宿、河流、海洋,也是肉身。

疫情会过去的,只是时间而已。从去年到现在,我们饱受这个焦虑期已经太长时间,尤其是那些特定版图上的区域——人们的生活、心情遭受着更多的磨难和恐怖。病毒战役是二十一世纪新的战争。相比子弹嗖地飞过身体,硝烟弥漫的人肉之战,病毒战役对于人们的考验更长久。惊悚恐怖已经病毒化——翻一遍手机就能感觉到世界每天在变,我们唯有祈祷,管理好自己的理智情感,这就是在一个遭遇病毒弥漫的星际上我们的爱。

忧伤是我身体中无法脱离的基本元素。忧伤造就了情绪，我好像在幼年就开始了忧伤，那时候，随父母在金沙江岸上的橄榄树下生活（是五七干校）。我在沙砾中行走，阳光热烈得将石头树枝晒得滚烫。那时候，我其实就开始了写作，只不过没有用笔记录而已。我身体中潜在的忧伤，已经生根，在我身体中像春夏秋冬的漫卷，享受忧伤，其实就是享受着词语中来临的天气变幻。忧伤之下的语言结构，更能解决我追索存在和虚无之间的关系。忧伤就像我的布裙、神态、失眠症一样陪伴我。此刻，想起了我喜欢的另一位法国女作家萨冈的小说《你好，忧愁》。是的，忧伤悬浮于我视野中的迷雾，就像我在云南的山冈上行走，所经历的纬度海拔下延伸出来的景物和时间的痕迹。忧伤，真的很享受。

从前的一个场景，沿云南永胜松坪乡进入了傈僳族山寨的撒坝子村，那座山冈到处是金黄色的栅栏，我穿上了她们自己织布缝制的服装。记忆中衣裙很重，是纯粹的棉麻，她们亲自为我穿戴。那个年华的视野中奔跑着满山遍野的黑山羊，溪水从高山顶流到山下，美丽的山寨女子看上去就像传说中的女王。如此逝去的年华，传来了她们手腕上银器的光亮和响声。

语言扩展了成吨泥沙之上的绿洲，减缓着一个写作者身体中的巨创、焦虑、迷惘，而这些沉思中的元素，却是语言的风景。

一天中，这个时间，最为干净，无杂芜。便想起朝圣者的足迹。在广袤的滇西，我是那里的女子，从小就喜欢有庙宇的神殿。那一年从白马雪山到梅里雪山的这段路，风景甚美，全世界的所有色泽都在这里绽放。我们呼吸着雪山的气息，空气清冷，海拔在上升。对于在山冈上不断升高的海拔，我认为就是宇宙的神学，有高有低，也应该是诗歌中的美学。高耸于白云间的是雪山神灵，落地生根的是万物俗世。峡谷向上，德钦县境坐落于峡谷的小盆地之上，再往前走，就看见了澜沧江。无论是澜沧江还是金沙江、怒江，三条伟大悲壮的江流岸都是村庄、山野。江流是寂寞的，也是单调的，它们的故事和波澜折射于岸上的众生相中。朝向梅里雪山的路，是国道，可以通西藏，可以通宇宙最幽秘的区境。几千年来，这条路上有不断轮回的侠客、僧侣、乐者、朝圣者，以裹满了尘的肉身，以灵魂间的冥想追索，抵达了梅里雪山之下。我敬奉了万能的香烛，雪山开始敞亮，那一天我膝盖下是澜沧江流域的砾石，我心中升起的是一个人的慈航。那一年，我沿澜沧江再往下走,旅路上有野蜜引路,羚羊们在纵横,我遇到了《忧伤的黑麋鹿》!

晚安,这秘密美好的生活,待明晨五点。哦,五点,闹钟响,我下床,拉帘布声,那么好听,早来幼鸟在练习飞翔。经文,永远是载我的帆船,挚爱者永远是我的春天,汉语永远是我的灵魂伴侣!晚安!

夜幕总是美,习惯散步后坐在一块石头上。云南的冬天真温暖,石头的微凉也很舒服。没有风,又过了一天。每天散步之前是黄昏,之后夜幕降临了。过了非常平静的一天,充满波澜的东西都交给了语言——我知道,从我在二十世纪九十年代初期喜欢上弗吉尼亚·伍尔芙时就记住了她的名言,一个女人倘若要写作,一定要有一间属于自己的房子,还要有养活自己的薪水。是的,我记住了这个真言。从年轻时代开始到现在,写作能延伸到未来,是因为我总是出入于那间属于自己的房子,除此外,只要能有让自己衣食无忧的生活就满足了,它能让我专心写作。当然,我同时记住了法国女作家尤瑟纳尔在小说《苦炼》中的另一句话:书中所有历尽苦役和时间磨难的那个人,就是写作者的我自己。多么安静的夜幕啊,现在,起风了,我站起来,走了几步,听见自己的裙子发出窸窸窣窣的声音。

我们要有扎根或筑起营地的地方。女性诗人和作家把她们的根须盘桓在粉红色的回忆深处,其忍受忧郁和疼痛的肉身与黑暗之魂和谐厮守——她们身份平凡或诡异只是外披的丝巾和风衣而已,历练她们的是在阴柔中怒放的花朵,那些被霜雪覆盖的花蕊,哪怕枯萎,仍然有独立自由的芬芳。

遗忘也是一门艺术,正是拥有众生的遗忘,写作的搜寻变得艰难,就像人世间有变幻无穷的天气云图,每一天的天气走向都不会重复,因此,写作或生活在艰辛中变得有趣。没有趣味的写作是毫无意义的——写作从身体中来,其实总是在追索被我们所遗忘的东西,某个时间段的列车表,黑暗中的铁轨,海洋深处的孤岛,一片新大陆的孤寂——这些只是写作者内心升起的宏大背景。遗忘之地,是一个地址,一封信的投递处;是一个人的容颜,一生的生死;是一次悬疑,爱与不爱的时间编织;是一座荒原深处,一次赴约的惊悚和召唤……遗忘是一门涂料式的艺术,它一层层地涂鸦、修正、怀念,再回首,通向遗忘之路,也是最终的归宿地。

又坐在夜幕下写字,一个人能够听见风声中来自自己的祈祷，是一件多么心仪的事情。所有的事情都将过去，面对夜色，看见星星点灯，又是一件多么神奇的事情。这世上有尘埃有经文有佛陀有黑暗有光芒，这世间究竟有多美。

从天未晓，两小时的诵经后，天色揭开晨曦，再写作两小时。我那些直起又弯下的肋骨下面，尘光移动着……光阴似箭，听见自己的心跳，看见了树上的鸟巢，语言何其波澜起伏，是因为时间永不停留——隔得很远，仿佛仍能听见那划破地平线的，白色的羽翼，这个星球是属于飞翔的。从往昔飞未来星际，未来事，将由语言开始，空中和地下的羽翼或尘世结构——未来书中的主题。

话说经验，它是植入个体生命的回忆录。从儿时开始，也许更远些，从母体胚胎开始，生命就有了位置，这地球如此开阔，一草一木都有位置。正是从位置挪动开始，我们有了融入感。解决饥饿的经验，从吃饭开始。我仍记得在滇西北的盆地，幼年的我端碗吃饭，望着天，望着地，树上的麻雀们望着我脚下偶尔撒落的饭粒。它们要俯冲而下，捕一粒食物就能飞翔天空。解决痛苦迷惘的问题，必须从自身肉体取出芒刺，取出那些幽暗的刺，正是它们伤痛了你的肉体。解决灵魂的问题，是一个关键词系，几乎就是我们一生涡轮下涌动不息的急流勇退的命运。经验是从日常生活中累积的记忆，就像一棵树，年轻时笔直向上生长，随同年岁增长。一棵树上有鸟巢，有撑开树枝的伞状冠顶。经验是我们身体中收藏的矿产，可以绵延于时间的任何一条路上。如何利用我们的经验，为我们的人生服务，则需要信仰。什么是终身的信仰？我以为，既然经验是身体中的矿产，那信仰就是我们终身追索的所爱。早安，我身体中的冬春之秘笈，早安，亲爱的生活！

坐在夜幕下的石头上写一段文字，刚走完路。脚是需要走路的，血液是需要循环的——因此，寂静是需要人去享受的。在走路的时候，在血液循环的时候，寂静在绽放的花蕾中，在蚂蚁们顶着烈日、寒冷的风不断迁移的路上。寂静在仰头垂下眼帘时看见尘埃的时刻……寂静无所不在，在你的历史中覆盖着你的痕迹。夜幕下的寂静与孤独不一样。寂静就像清冷的雪，酒杯上的唇色，而孤独是智者的魔戒。

天色很亮，日子很长，我们怎样面对生活？舌尖上的涩味，如同走在庄稼地迎着一片麦芒而逝。总有一种生活属于更虚无的境遇，一年又一年，一日复一日。老唱片很旧，沙哑的声音仍然萦怀；可它若隐若现，如同菜刀在磨石上下摩擦。新唱片发出金属色,虚假难分其相。古老的时间幻象,像幽灵出入,让你放不下那些燃烧的烟花。

诗歌是从人类的所有经验中上升的心灵史记,是记录哀愁、痛苦、寂寞、孤独等日常生活体系的板块。诗歌是一条古老记忆的长河,当我学会分行写作诗歌时,实际上是在复制来自记忆的经验。那些从幽暗中跃出的,闪现精灵梦幻的长廊,奔向我们的宇宙学。其中,我们要靠近,离我们身体最近的那条河流,在你的出生地一定有一条光焰斑斓的,充满了银器撞击的河流,从小河到江流到海洋。对于我来说,在我的膝盖骨下就是金沙江,这是我出生后看见的诗。在你的成长期中,一定会发现宇宙是多么幽香,有铜色的栅栏,金色虎豹的皮毛,有万能的烟火在尘埃中升腾;在你的诗歌中,一定会遇到异灵出入的山冈,有人在荒原搭起了营地帐篷等待着你;在你的一生中,遇到任何人、任何事,都是在历现诗歌的语境。

你好,晨曦,每天我们都见面。是你让我从黑暗的深渊中走出来,与黑暗相比,你们有不同的景观。黑暗将我推向了晨曦,你的蓝天白云,安抚无数地球人的目光——无论是庄稼人,面朝天地者,还是隐秘的形而上的虚无主义者们,都需要你的光泽滋养。每天,对于我来说,都是一个新的开始。想起了往昔百货店用直尺买蓝花布的场景，那时在滇西县城，我站在柜台前，小县城来了一对年轻的上海裁缝，听说他们是为情而私奔过来。那是我看见的第一对私奔者。他们后来进入了我的小说。而那个时间内，我们那些青春绽放的女子，总是到百货店买回花布、卡其布，看着售货员用直尺量布，好有趣啊。那一年我在县城穿上了上海裁缝为我缝制的橘红色的喇叭裤。再后来，我写下了长篇小说《县城》，在二十世纪九十年代末由人民文学出版社公开出版。历史对于个体，不仅是记忆，也是裁剪术，尺度上的时间。

昆明今天的云图（朋友拍的），真的变幻无穷啊！写作和人生就像云图，在悄无声息中已经改变了初衷。无论是蓝色还是黄昏色，都是我的最爱。

我们的一生不可复制，也不可能定格在某一年某一月某一天某一刻。她的衣饰容颜、步履、语调，终有一天都会落伍。就像人的差异性，男人和女人，女人和女人——正因为存在着意识之间的隔离矛盾，才会产生冲突。你看见过庆典时烟花由缤纷多彩倏然间涣散的场景吗？你看见恋人面对面亲自筑起的壁垒吗？你听得见一条小河淌水的声音吗？你书写过的一个词同样会背叛你，你承诺过的誓言同样会像披肩滑落地上……临近春天的夜幕下,她又走回了房间。草莓夜的夜晚,她突然想着翻山越岭的那个部落民族的祖先,她曾在火塘边聆听过他们千年迁移时的歌唱,那个老人坐在火塘边,有一张青铜色的面孔……她在那个黄昏,几乎忘却了自己、场景、风俗、人物、苦役的心,超越了繁花嫩叶,从尘埃落定中再次重生。记忆犹新,是因为让我们战栗过的火焰或尘土,都融为了一体。

倦鸟又归宿,这是常规。万物是如此茂密,我们所纠结的,在语言之外,只是弹指一挥间;而在语言深处,却是激荡起伏的深渊。每一个写作者,都必须有一个巨大的深渊。他们在深渊中看见蓝天,也看见了从深渊中生长的语词。

自由是蓝色的,像一只蓝色的花瓶,只要你愿意,就可以插上黄色的、绿色的、白色的、红色的花朵和植物。晚安!

远方,是唯美主义者的版图。我们需要放一放那些喘不过气来的焦虑症。语言也如此,它的触碰中带着质疑,然而,这正是我们寻找唯美主义的序曲。早年听巴赫的古典音乐,沉迷于唯美幻影,看不到我们身体中的沉疴,也感受不到疼痛的疾驰。而现在,我们仍如此,保持着唯美的倾向于时间之腹地的生活。就像山冈上的土著民族管理好自己栅栏中的日常生活,在人与动物的空间,有戒律中的自由,有自由中的孤独,有自由中的夜幕,有自由中的诗学,有自由中的唯美。不错,有可能我们是最后的唯美主义者,将为此付出追索唯美的代价。

为了明天早起,是不能熬夜的。晚安,就是让自己躺下来,翻几页书,一些文字就像波澜一样过去,一些人的存在是你今世的梦呓。在夜里,卸下全部东西,包括唇色、伪装、隐喻。漆黑的夜晚,很皎洁!晚安!梦,就是万顷麦浪,卷起你的行李,你的身体朝前走。又像时间不再流逝,驻守着你。熬夜,熬夜是不可能的。我是世间起得最早的那个人。鸟语未啼鸣,我就起床了。晚安,宝贝!这就是你合上帷幕的时间吗?

启迪我的,不是喜悦,而是时间的变幻无穷,在每个时刻,人内心的怯懦和羞愧,以及面对自我时的空茫——所有这些都是飘曳的哀歌,剥开的向日葵籽、石榴因饱满成熟而绽裂时的浆果。

早晨总是最好的,保持好一天中最好的情绪用于写作,无疑是取悦自己灵魂的最好礼物。这悄无声息的寂静啊,我在其中游荡,还有你们——我所挚爱的这个世界,你仍带着我逃离到语言的城堡,从这座古堡所散发的气息,就像扑满灰的乐器，我喜欢嗅到灰尘的味道。里边有带有剧毒的野生蘑菇，门前有疯狂的石榴树，还有永逝于未来的河流在门口流淌。你好，我亲爱的邻居，我对面露台上放鸽子的美少年！你好，我远隔千山万水的恋曲。你好，我亲爱的母语。

隐蔽的空间，是获得自由最好的生活方式。在喧嚣人群中，聒噪的声音早已湮灭了你的足迹，心律的跳动随大众起舞。倘若你一个人在房间或路上，你获得的是全身心的自由，但得到自由者，必须承载月光的清冷，寒瑟中一只鸟掠过树叶的单调声。最高级的自由，总是要在惊悚破开的夹缝声中穿越出去，与幽灵们擦身而过时，打开了通往星际的另一条被星光照耀的道路。

是的，任何情绪都是诗歌的涌泉，就看你能不能准确地记录。冲动，是写作的原始造血功能，没有冲动的写作只有骨头，没有血肉。我可以看见你吗？你可以看见我吗？

诵完经，安静的一天又开始。写作是宿居，将我们的行李、身与灵宿居在房间里——其实，经过语言演变，我们一直在游离迁徙。就像一个古老的游离部落，在战乱中，寻找水源、耕地，发现自己同样可以像众鸟一样歌唱，像草木花骨朵一样绽放凋亡。写作，就是宿居，将我们的行李、灵与肉寄宿于一个又一个领地、版图或内陆。在隐身中，获得百鸟飞图，游离在一双双翅翼下，为饥饿，为灵魂，为苦役或爱，为那个语言中的自己，而隐身于一间房子。

点上灯，再续后事。晚安，梦中人，总是在灯光中相遇。

安静就是坐下来，椅子或石凳，每个人都生活在自己的身份中。没有身份的人生，说明自己只是羽毛纷飞，没有长出肉体，也没有翅膀。让自己寄放在身份中——时间以分秒间的流逝，再现出昔日的记忆，而语言是这个世间可以倒现时光，又可以延载未来可待的秘境。走上这条道路者，都在与来自各方的灵魂相遇。

向往，实际上是一种逃离。人类是另一种猛兽的综合体，他们时刻在流亡、搏斗中生存。人类的所有历史都离不开逃亡——除了战乱中的流离失所，在文明高科技时代的逃离看不到血腥硝烟，却是由无数虚无之境开始的流亡。当人心开始向往的时刻，一条路上就充满了个人主义者的幻想。没有幻想，生命靠什么活下去？幻想，就是执迷不悟，就是哪怕失败，也要去看那些看不见的风景。

从早晨到下午，光速的变迁肯定快于我们的灵魂。我们找到适度的节奏了吗？在房间里已经生活了很久很久，但弗吉尼亚·伍尔芙说过的，如果女人要写作的话，一定要有一间自己的房子，一笔固定的薪水，仍是经典名言，她唤醒了我们从青春年少时就追索的写作之路。缺少这两者，我们的写作或许中途就夭折了。清醒的写作者，必须有无数闲散的时光与自己独立的相处，这是基本的常识。随同岁月增长，人间不再是万花筒，但对于写作者来说，无数时光累积的经验和记忆比幼年手中的万花筒更丰富多彩。每一个写作者，都是魔法师，将自己记忆和想象中的历程准确地呈现在语言之上。如同在云南的山水物记中，我们刚告别了一座村寨，却又爬上了一座山冈，并惊喜地发现澜沧江就在山冈下开始转弯。怒江大峡谷，像碧空下的一匹巨绸，骄傲地带着它的水中精灵们去征服不可穷尽的时间……

选择，很重要。我选择晨曦未露时诵经，这时间，天幕即将揭开，万物复苏。我选择阳光越过山峦地平线，在窗户上绽放出鹅黄的光泽时，坐下来写作，此时此际，有无限的汉语激荡起我沉寂的肉身。你好，亲爱的灵魂，有你相伴的日子，世界安静如斯，不缺少波涛汹涌。

日子总有限，又黄昏。值得人用心做的事就一两件，望着夜幕下的城景，我们用不着有多强大，你看见过最微不足道的蚁族能在山冈上垒建一座城堡吗？我们就是最柔软的躯体，只有具有痛楚的灵魂才能修建好自己的居所。满眸的夜空多么浩瀚，只要有一颗星星与你眼眶相遇就足够了。

....

还有什么是纠结的？死亡求证于生者的
旅途。求证于无穷无尽的灯光和黑暗

火柴盒又来到了手上，这海上的船帆
跃上岸。陆地，像梦中的景物绚丽多姿

想象中的豹子有多勇猛？望着一片丛林
倘若穿上盔甲，来到硝烟弥漫的战场

我会成为你的战俘吗？在低矮的云层下
我脸上有黑色烟尘，脚底下却是芳草起伏

恳请你，忘记我曾是你的战俘，让我返回

大地，像蓝色鸢尾花盘桓在自己的领地

昨天，祖国版图上最原始的佤族部落翁丁村寨发生严重火灾。我曾数次去访问这座从深蓝色天幕跃出的村寨，土路中镶嵌着石头，完全的干栏式建筑曾多次出现在我的诗句中，人畜共居的村寨，走在其中，有牛羊粪的味道，有织布声发出的声音，有古老的祭祀和神咒声弥漫于半空中。我曾感叹着，或许这就是地球上最古老的部落原乡了。许多次，我沿着小路去看候干栏建筑中的家禽，第一层是牛羊猪厩，第二层是仓房、婚房、儿女房、老人房，第三层是神住的地方。我沿着木梯上去，老人们脸上的皱纹像树皮，年轻的男子女人有古青铜色的皮肤，他们沿袭了祖先的习俗，会祭祀河流山川，每个男女都有天籁般的嗓音，我曾喝过他们酿制的米酒，倾听过他们像磁石般诱人的情歌——多年以前，我看他们织布恋爱，看他们牧羊，看他们祭祀祖先，同他们纵情饮酒。我也曾在这座寨子醉过，穿着曳地长裙，睡在他们的寨子里。早晨醒来，看见巨雾涌进房间，整座翁丁寨犹如天堂般静美。而此际，忧伤袭来，人类最美好的人文景致构成了我们的记忆，这是一个噩梦，翁丁寨消失了，在一场大火中消失了。

晚安，在我的身体中有黑夜的一部分，它们带着我的书。

去到更遥远的地方。在那里,我是自由的,但只有囚禁的灵魂,才能准确地表达自由的思想。

我们所有的惊喜,都来自个人的发现。这是一个与自我结盟产生的时间简史。每一天,表面上是在重复昨日的习惯、生活方式,事实又是怎样的呢?每一滴墨迹融入宣纸都是在表达今天的情绪,而不是过去的回忆。当然了,艺术而诗意的情绪永远充斥着时光蕴藏在我们身体中的影幻,昨天的风铃声变成了今日的回忆。艺术和写作之所以忧伤和孤独,是因为我们要越过阴郁的暗夜,才能发现惊奇的存在。厮守自我,其实就是探索那个正在被你创造的惊喜——去吧,去吧,那些让你窒息的美意在等待着你。

一天又过去了。多数时光都是在享受自己的存在。逐渐沉静下来的节日,之后,是享受春天的降临。享受,是我们历经人生的主题,一个人享受自己的孤独,就能找到语言,一个人享受自己的物质生活,就能省下一口水或粮食给荒野和小鸟;一个人享受自己的爱,它是面对从内心上升的情感,爱的多样性和扑朔迷离就是一个小世界。一个人享受夜晚和白昼,是为了告诉自己,活着,需要干干净净地浴身,从而融入你每天变幻无穷的繁芜和存在中。只有享受时间的人,才能品尝咀嚼、区别真伪，接受美意的礼赞。

> 晚安，能够在黑暗中飞回鸟巢的
> 那幸福的黑暗，幸福中的看不见的黑暗
> 那幸福的翅膀啊，请唤醒我
> 在明天黎明前夕，带着幸福的灵魂去拥抱你

昆明湿地公园的早春，朋友们微信发的。我舍不得走出房间，我舍不得那些诱惑我的书籍、未写完的句子。所以只想待在房间里。这个假期，以陪伴母亲的名义，待在房间里。真好，我有天生享受孤独的情趣，这是从热爱上语言后就培植的能力。这些天，是我最幸福的时光，我在房间里行走，一个词根涌上来，夜幕上闪烁着烟花……我看见烟花逝去……时光犹如这些从尘世盛放的花冠，有生有灭，置身房间，仿佛拥有了全世界。因为孤独者，可以飞翔于尘世之上，也能穿上合脚的鞋子，去赴约自己的所爱。此情永驻，永不流逝——在自己的房间里，孤独者同样能漫游于人世间的秘密花园。

临近年夜，便忆起往昔的许多时光。劈开的柴火在火炉中燃烧，在一个还没有产生电器化厨具的时代，坐在火炉边焖饭，倾听着豆焖饭在锅底逐渐变熟的香味……多缓慢啊，那些

取自柴火井水油盐的简单生活，那些总是饥饿的胃的感觉，那些怦然心动的幻觉……亲爱的生活，你给予我们的简约朴素的生活，那些幻觉中突然扑面而来的蜻蜓或蝴蝶，让我们大声尖叫后追逐而去，试图飞出去的小野兽般的欢乐到哪里去了？

有些人也忘了，有些事已忽略了，有些书反反复复在不同时间中诱引你。一本本书，就是诱人的历史，你写下的文字，百年以后，几个世纪以后，还会召唤另一个时间、另一个星际人的灵魂吗？

小时候，过年最期待的就是穿新衣服了。因为只有除夕夜——才有新衣服穿。供销社有花布卡几布卖，只要有机会总会垫着脚后跟伸出手去摸摸布。那些用直尺量布的售货员，就像是我们的偶像，她们站在一匹匹的花布前就像女王一样骄傲地看我们一眼，因为她们有直尺。在计划经济时代有布票粮票，人们掌握着票据，就像掌握着贫瘠山川中的物质生活。除夕夜，母亲会从缝纫店带回给我们的新衣服，要让我们穿上新衣才能吃年夜饭。多么隆重的仪式啊，从头到脚都是新一年的味道，我们在院子里，脚踢着用鸡毛做成的毽球，跳绳子舞，趴在水井栏前照镜子，用花朵染红指甲。除夕终于到来了，父亲扛着金沙江干热河谷岸上的甘蔗回来了，每个人都穿上了新衣服，辞旧迎新，新桃换旧符的仪式开始了。直到如今，我仍然能嗅到新衣服染料的味道，火炉上炖着鸡汤，门上贴着红色的对联，甘蔗立在门口，父亲开始放鞭炮了，我们吓得用双手蒙住耳朵，躲到墙角。于是，除夕夜降临了。

下了三天的雨，翻书写作，陪伴母亲。淅淅沥沥的雨，让人安静。正在写作诗歌《魔法师》，语言让人情不自禁沦陷。帕斯卡尔在《思想录》中曾写道：人类不快乐的唯一原因，是他们不知道如何安静地待在房间里。

那么，写作者快乐吗？持久的写作需要自律，除此外，是你的身体与语言培植已久的亲密关系。

生活与写作的关系，仪式与风物的关系——我们待在原地，守候着那些缠绵的、延伸于时间中的点点滴滴。就像柑橘包着一瓣瓣的果肉。以个人的名义，向生活，写作和我爱的人致意。

我们的人世，悬浮于声音之上吗？这一刻，我有从未有过的安静。雨后的城景，仿佛变得很松弛，血管是殷红的。红色，是生命的本色。落日是赤色的，培植我们的语言，就在这些色泽中凝固。每个人都有一个领地，就像古老的土著民族，以守望水土为生。我们同样要安于内心。

虚无缥缈，但无须考究，它是人生最轻柔的幻境。但每一次虚无，都有根须。比如，音乐的虚无来自乐器键盘；手一弹拨，顷刻间，你向往流水，就已经在水边泅渡，你想拎起箱子，就能放下箱子，你想忘却疼痛，就能长出翅膀，你想谈情说爱，闪电般的磁力就已经追逐你的身体……虚无缥缈，是从尘世上升的光轮，它载着肉身，去寻找宇宙万物的原形。最伟大的虚无，就是为了找到自己的原乡。

女人们，无论写作还是生活，都是在寻找另一个自我。那个在房间里写作的我，是私密的，语言消磨着她们的光阴，无论沐浴、穿衣、面对镜子、翻过书页，还是在词条中沉迷，都是一场救赎。而她们来到屋外，人世诡异变幻，所有一切都需要坚守尺度，保持自己的立场。云朵儿飘拂过来了，风吹麦浪，穿裙子的女人，女诗人们，今天有好天气，有润物之语。这已经足够让我们礼赞生命。

女人的喜新厌旧较之男性更为强烈，也更为形而上。所以，女人的衣服永远不够穿，衣柜中永远缺少那一件梦想中的衣服，所以，女人天天都梦想穿上新衣服——这是一种更为脆弱而又虚幻的努力，她们力图找到另一个自我，而衣饰只是一部分。女性的成长漫长而又艰辛，她们永远都在为自己的理想主义而付出代价。但她们内心却永不舍昼夜地追索，就像穿着人类发明的各种裙子在独自跳舞。有创造的女人，其实同样是另一种孤独的角斗士，她们不与社会斗，而是面对自己的四肢动态、灵魂考问而斗。花瓣似的女性，满树绽放，凋亡后仍然在独立地等待或守望，或者逃亡——永不妥协的柔韧就像水一样畅流。

喜欢布拉德·皮特的眼神，生命的眼神千千万万，无与伦比，但有一种眼神会穿透你的时间体系。中午的阳光炫耀着春风，而我则沉迷于那些幽暗的词语……

诗歌的诱惑，在于词根，一个词就可以让你又开始了在茫茫无际的写作中长旅。本来不写诗歌了，要写长篇小说，但因为《水之赋》这个题目，它将我重新载入另一组诗歌的写作。水，天上水，人间水，除了润生万物万灵，同时也载来千万艘帆船，千山万水的人间众像。诗，太诱人。它将人的灵魂载入母语之下，让你成为奴或飞翔之使。

晚安，燃情岁月之后的时光，犹如帷幕落下去，敞开的是窗户外的星空！

晚安，在无尽的人群中寻找到黎明升起的曙光，在无尽的苍茫中感受到一双翅膀引领你向上飞翔。仅此而已，已让我踏上尘埃，奔向燕子筑巢的西南之隅。

因为有春天，今天所有的妇女都在互致自己的节日。遇见这一幕幕繁花似锦时心生喜悦，忍不住驻留。所有女性天生都喜欢绚丽而绽放——但所有桃花源都只是一种幻境，因为花总是要凋亡的。只有水，注入泥土江流的水，永不停留，便想起了水生水；只有白云悠远不尽，便想起了云生云；只有语言变幻无穷，便想起了词生词；只有酒具有干杯时玄幻的功能，便想起了幻生幻；只有内心的信仰让你觉醒，便想起了悟生悟……泥生泥，水生水，灵生灵，花生花，爱生爱，物生物。所有这一切都是我们辗转人世间的秘密。

我所有的女性经验，都来自人间，来自裙子下尘土飞扬的大地。时间中的我，游离于她们之间；我所有的过往，都是我身体中的历史，语言中的语言；我所有的爱，途经了千山万水的疆域，正是我的云南，使我有了语境下世间万物的原貌。

人类制造垃圾的能力无比强大,为什么动植物不需要垃圾桶?因为它们落下的皮毛、粪便、枯萎的枝叶都被大地所氧化了,所以空气中动植物的气味充满了它们独立的篇章。而人的味道,总是强烈地带着欲望、占有或侵犯者的贪婪。每个人出生人世之后,要制造多少吨垃圾。如果没有垃圾桶、垃圾分解站,那么,个体生命如何跟自己生产的垃圾相处?

在《青云街四号》与王医生等候好朋友从远方来,今晚我们将喝红酒。在王医生诊所虚构出了《现代逃亡录》的长篇小说,有时候,一个人就想神秘地消失……这就是这部小说的主题,然而,我们将逃亡到哪里去?

你无法说清楚的东西,其实就是我们真实的人生。如果语言能精确地记录这种无法说清楚的情绪——那么,我们就会看见灯塔那边住着什么人?往前走,就能遇到你生命中必须经历的事件,那些无法说清楚的规则,倒映着栅栏和影子;那些无法说清楚的爱,是我们的迷离之途;那些无法说清楚的眩晕,使我们错过了一趟列车;那些无法说清楚的脆弱,让我们上了最后一班地铁;那些无法说清楚的梦,让我们睁开了眼睛。

有时候，人，一个人就想从这个世界上神秘地消失——我想，这一定是我下部长篇小说的主题。在一个网络时代，人将逃亡何处？《现代逃亡录》，就叫这个题目吧！我们从哪里来已经不重要，到何处去才是我们所追索的话题。逃吧，逃进谷仓、酒窖、海洋孤岛；逃吧，从人群逃到人群，从阁楼逃到沙漠，从纸质书逃到禁欲之城，从废弃的诺言逃到神写下的痕迹。让我们逃吧，从死亡逃到重生，从花瓶逃到荒野，从文明逃到原始，从语言逃到语言……

所有日子都是一种持久的、面对自己所折射的光芒。从早晨五点到此刻，时间过得太快，好像只转了一下身，阳光就从树枝移到瓦蓝色的半空中去了。颓靡之音不适合这个午后，所以，我要挪动位置，像那些穿着土布裙日复一日地，坐在家门口的绣花妇女，永远也能让绣花布的鸟飞起来。而我自己，则期待语言中的沟渠有水循环，词条中的每次风吹草动，都意味着我在生活。

你好，忧伤！这是贯穿我生命体系的伴侣。如果没有忧伤，我无法写出任何语言。忧伤并不全是灰暗色，更多的忧伤，像云朵变幻无穷。忧伤中，有大片的红色，像血液织出的河床；忧伤中有紫色，像恋人絮语随风而逝；忧伤中有冰冷的石灰岩色，住着我的躯体和灵魂。

晚安，只需要一场好睡眠，哪怕整个世界下陷，我也能寻找到新的牧场。

看见这一群幸福的女人，哪怕是一个特定场景中的幸福，都会萦绕你。雪那么白，披毡那么温暖，裙上是她们手工绣出的花朵，蓝天白云那么悠远，苦难被她们拒之门外或者已经随风而逝。

云南画家邵天稳突然发给我一幅《油画》，是我吗？是的，那一年，我跟几个朋友到了他的太阳谷。感谢他记忆中的我。这是属于云南东川的背景，土地是红色的，花物是红色的，我的挎包衣服也是土红色的。

始于颜值的妇女生活，无论在何乡何壤，都有一种活法。她们是性别，也是花木，与他们是完全背离的生存学，永远是用其柔软之习性，守望自己的绽放或凋亡。

《掠过》是一典孤傲的诗歌漫记。也是二十一世纪滑过地平线的弧光，一道闪电般的警戒线，一次顿足和回首。纵横于此，我们的生命不过是一次短暂而永恒的《掠过》——惊鸿一瞥，如天籁，缠绕不尽，终将成为你插上羽翼的回忆录，这是一个飞翔的时代，故以此《掠过》，以此永恒。

互联网下的所有一切都意味着删除，只有手写的痕迹会变成化石。怀念手写的情书、邮票、信使的时代。怀念美少年拙笨的声音、羞涩的幻念。所有一切都在变，互联网删除了我们内心的距离，同时删除了黑暗之下的真颜。晚安，这是一个疾驰的时间，唯有心灵可以保存记忆。

我要找回我的荒野——这个属于命运中的版图，我失去的是在荒野之中为幻境而产生的原始之魔戒。我要用其余生，回到原初最拙笨的手艺，回到星星闪烁的夜晚。重新爱上那些像石灰岩一样燃烧而冰冷的神性。

又想起了看《燃情岁月》的时光，在房间里，可以喝完一瓶红酒的二十世纪九十年代——独自一人看完了那个时代最好看的电影，喝酒后，就去睡觉。真好啊，这部电影看了好几遍，还有《走出非洲》《印度支那》《情人》等电影，每一次看都要热泪盈眶，每一次都要醉，在巨大的颓废中追求着虚无和唯美。好吧，晚安，夜幕很漆黑，人生很玄幻。

只感觉到天黑以后，孤独是自己的，就像内衣贴在肌肤之上——消磨人生最好的方式，就是守住孤独，与它嬉戏，消遣人世间的所有存在。夜幕深邃无穷，只有此刻，我们安静如婴儿，放弃了无数荒谬绝伦的谋略。一间房子，已足够让我躺下去，如波澜去到更遥远的海洋。

阳光灿烂的一天，所有的光阴之美，属于那些在任何天气中，都能聆听到来自内心召唤的人。无论是多么大的庆典，失去内心的速度和自由，就像失去了你发丝的颜色，嘴唇和牙齿的关系……有时候，从一道闪开的帷幕上突然看见天穹，仿佛就看见了宇宙。内心的涌动，同样是一个人的庆典。

重读艾略特的《荒原》。第一次阅读是在二十世纪八十年代末期，《荒原》《四个四重奏》无疑是对我诗歌写作最有影响力的作品——在鲁迅文学院的宿舍里，我跟迟子建背对背写作读书。那个时代的阅读，如此专注和细腻，房间里有白炽灯泡，找到一本好书，就像获得了一次神秘的馈赠。而此刻又读到了这些句子：

家是出发的地方。随着我们年龄增长

世界变得陌生，死与生的模式
变得更复杂。不是孤立的
没有之前和之后激情时刻
而是每一刻都在燃烧的一生时光
不只是一个人的一生时光
而是无法辨认的古老墓碑的一生
有一些时光给星光下的晚上
有一些时光给灯光下的晚上

亲爱的米兰·昆德拉如期降临，正如他所言："一段时间以来，小溪、夜莺、草地上的小径已经在人的头脑消失了……当大自然明天在地球上消失时，谁还能觉察到……伟大的诗人今安在？他们消失了，还是他们的声音已经听不见了……"

有些书，正待你去销魂，不同译本，让你忍不住不断收藏、打开，并嗅出纸浆味道——读书，已经是二十一世纪落伍而又奢侈的生活。

好诗句是突如其来的，越是安静时，它来得更自然，其速度温柔，就像你刚喝了一杯不热不凉的水……尽管如此，在之前你必经历了血与火的涅槃，遇到了天与地的辽阔。你学会了闭目养神，睁开双眼，风来了，吹绿了枝篱，鸟巢又啼鸣了，天地又亮了，顶着灯笼的夜行人经过了你身边。

建筑就像一部作品，总是令人去想象它的未来。虽然，未来事不可说。人，占用了房间，使用了房间，然后拥有了气息。如果没有人的灵魂去栖息于建筑，任何伟大的建筑都会沦陷于废弃，这是最终的命运，而唯有人可以让建筑敞开内在的结构，也只有人可以与建筑长久地厮守。

喧哗或寂静两种现象，就像白酒和葡萄酒两种味道——人不能在同一种现象中生活很长时间，也不能总是喝同一种酒。但我想起最喜欢的一种喧哗声，那是在高黎贡山，我听见几万只鸟儿啼鸣，它们一如既往栖在树林枝干冠顶，你在树下听不到任何声音……这是众鸟在议事或者在开音乐会。关于寂静，是我的伴侣，因此它可以从陆地来，也可以从水上来，可以从泥沙中来，也可以从煤炭的燃烧中来……只要你内心寂静，任何人潮汹涌深处都有寂静。还有白酒和红色葡萄酒的味道，它来到不同的酒杯里，你举杯时，跟身后的背景有密切关系，你品出的酒味跟你干杯的人有关。但真正的酒味，使你铭心刻骨——跟你所置身的环境和时间有关，跟你的故事揭开的那些不可说或可说的语言有关。

写作完全是在熬时光，没有饱受时间之漫长幽暗者，最好远离写作。写作在熬你的容颜，要有绽放到骨子里的绚烂，也要有剥离出去的一座荒原。写作在熬你的孤独感，你拥有的孤独之路越漫长，你的写作之路也会绵延不尽。写作也在熬你的词根，你身体中置入有多少词根，就有多少奇妙的结构，无论是诗歌还是小说都需要无穷无尽的词根，还需要你有多少煎熬的岁月。

一本新书，翻开，语言来自蔚蓝色的历史。一部关于地球海洋与时间的波涛声。喜欢奇书，就像沉迷于自己链接的语境。安静地归来，安静地出入——维护好一个人的心境，修复，疗伤，带着尘埃味，与我安居于时态。又一天过去了，生命特质有隐有现，最终在幻境的版图存在远行。

当书来到手中，温度接近地热和天籁——此生有书陪伴者，则有神护佑，有此岸和彼岸，有众生之乐，有秘境追踪者与你常相知相忆。你好，书籍之光，人间最大乐符，最永恒词系，最蔚蓝宇宙之光。倘若爱自己，珍惜一本本破开世境之谜的大书，倘若你是著书者，就心藏锦绣，为生命中的你，为梦想中的遭遇，写一本独立恒久的大书。

伸出手臂，并非索取，捆绑或览胜，而是在高低起伏的云层下，与自我秘密厮守——这是我个人简史中的规则。而语言，成为嘴唇吐露的生命所向。它冰冷而热烈——这就是我词根中的属性。

下半夜更安静了，接近黎明，万物都渐次苏醒，成为自己。

晚安！

唯有安静，可以惊动灵魂之躯，这个葱绿色的夜晚，天穹为每个生命体系保留了通向梦境的时空隧道。我需要绿色，它来了。在耳边摇曳，如引渡者，听见了我的私语。

从今天开始，书籍阅读，浮世间有我的踪迹；从今天开始，与汉语亲密厮守，拒绝来自聒噪音的污染。从今天开始，又享受寂寥无几的个人生活。从今天开始，与鲜花、云朵、尘世语境深情赴约。

金佛山，海拔之上，我们迎雾露行走，宛如穿越星际，凛冽石灰岩，上升起的一座巨大的穹顶，神灵在上感知万物万灵的存在。生命如此渺茫。

晚安，熟悉又陌生的语境，生命的最后一把钥匙，带着我开始彷徨，有更遥远的、深不可测的方向等我去选择。

这辆拖拉机，给予了我怀旧时代的想象力，只是它低调地立在农耕年华的山冈一隅。我们的所有历史舞台，总是充满了尘世之味，我又嗅到了四野樱桃的甜酸味。味觉和感官所遭遇的历史，浮世万物，瞬间即逝。好吧，各自安好，这就是世间万物的现状和意念。

我不可能走得太快，也不可能走得太慢。热爱语词是我的日常生活。走得太快的时间，我们就保持想象的距离吧，走得太慢的时间，我们同样绵延出了尺度。狂野需要尺度，自由和独立同样需要尺度，但这些尺度都不是用钢铁塑料模型造出来的，而是由灵息飘忽所制约和延伸的。

蓝色给予我内陆，这鸢尾花式的蓝，让我绵延不绝于俗世之忧。红色战胜了悲伤，我找回了自我，那海洋般的安详。黑夜催促我早起，迎接黎明，曙色拉近了我与时间的距离，也会产生无穷无尽的辽阔幽远。一个人的轮回，怯懦而又独立，往前走,有着赎罪者遇到的上千灯火,神曲弥漫的台阶,就像但丁遇到了永恒的女性,我遇到了我。一个人要想在时间中沉迷神曲弥漫,首先要遇到自我,爱上冰冷而热烈的时间之宿命。从今天开始,我会遇上另一个我,不再忧心于他人的牢狱。在人间行走,最需要掌握的是距离,遥遥无期的,近在眼前的距离,有浩瀚的宇宙之谜。

我们的身体,如能跃起,就变幻成林中小兽和精灵;如能静卧于岩石,就能成为时间花纹;如能沉默于语言的阁楼,就幻变成了从天窗飞越宇宙的鸟;如能捆绑于世间万物之间,就遇见了众神的咒语;如能在尘埃深处行走,就能像一群蚂蚁般在雷雨前迁移回到洞穴;如能面对玫瑰,就能成为荆棘之上的花冠;如能掠过水雾,就能像白鹭一样食草芽飞翔于波澜;如能遇见你,就能打开又一个篇章,让灵魂羞涩无语,爱上你的身体和灵域之地。

不眠夜,有其香,漂泊而独立。因怒放而凋亡再生。

我们终将被黑暗吞咽而下,而所有黑夜都是为了礼赞光明降临之前的前奏曲。花色弥漫,暗香浮动。这就是人生的迷离。

> 阳光那么好，我们活着，好好活着
> 这件事，是尘埃中的胚芽，是我向你递增的
> 时光。等着我吧，天顶上的蓝瓦
> 大池中的鱼鹰，村寨中的谷物
> 等着我吧，咏春调，匠心独运的母语

今天万物生长，语言贯穿时间本源，我们仍然出发去寻找燕雀的飞翔，草根人的命运。水渊源蔚蓝，樱桃红染色了万灵之唇。

亲爱的朋友们，看一眼我吧，在高原，我美丽吗？有没有听见手扶拖拉机履带的轰鸣声？有没有看见我头顶上的蓝天白云？有没有嗅到旁边草垛的稻草香味？有没有感受到西南边隅的人间气息？

我们使用眼睛，是为了与时间相遇，无论是黝黯或光泽，都充满了传奇。诗人生活在其中，使用语词遇到时间轨迹中辗转不休的世态。你好，枕木或铁轨的爱情。

百年前的滇越铁路阳宗海之站——每次遇见这条铁路，金

黄色的铁锈色扑面而来，这条法国人修建的铁路，有太多时间的哀歌，如今它依然以枕木铁轨错落于眼帘下，万般思绪剥离游移。我们驻留此地，走了很远，彷徨而又忧伤。

晚安，今夜，我喜欢这空茫世态
只有孤寂的冰鸟飞往更寒冷的冰川
在那里，无所求，无所栖，无时间痕迹

阳宗海二战时期飞虎队曾经的疗养故地——时间诞生了一片废墟，身后蓝天碧云，阳宗海清澈见底。战争结束了，天地万物安静如斯，我们小小采风队员踏着荆棘小路，寻找着飞虎队员年轻的踪影。曾经在此疗伤的飞虎队员们再不见他们生死未卜的影幻。时间造就了废弃的遗址，唯有白云朵朵，万里碧云可以忧伤地追忆历史。

一个上午，好安静。掩上门，唯有独处，你才会感受到天上的云彩变幻出了橙蓝色，又去寻找前世之旅的伴侣了。地上的光影来来去去，尘世如此眩迷……

所有的节令仪式，都是为了复苏生死的记忆。时间让人的身体漠然冰冷或焦灼不安，这时候，仪式来了，它让你回到出生地,回到牢狱和天堂,回到人间或尘埃。最伟大经典朴素的仪典,就是要让我们回到人本身的问题,回到熔炼、赎罪的过程中。让我们像大地的万物复苏吧,回到良知或智者的世态,回到教养和诗歌般的幻境之中,找回那些古老的源头,找回我们自己生而为人的品质和精神的境遇。

各种本源——每一个存在都有语言,它沉默似水,就成了柔软晶莹的水,越过版图,最终抵达江流或大海。它沉默如金,就有无穷的矿产,以错落坚硬的方式,离开俗世之耳,孤寂地活在它无穷无尽的耸立起伏之下。语言,多么美,要么怒放,要么凋亡,要么跨越时空。大师告诉我说,透过天眼看到的太阳是紫色的、青黛色的……

樱花盛放的节令将消失。就像浮光掠影带走了所谓的繁华——需要更深沉的呼吸去热爱尘埃落定的人世间,更需要更独立的自由去发现更孤寂的语言。

蜘蛛织网似的时间,亲爱的时间,你是监狱,也是通往自由的唯一途径。在同一时间中,我们生活在各自的隐秘空间里,鸟刚从窗外飞逝,目光永远追不上一只鸟的速度。生命的局限,让我们垂下头来,安心地织网。向一只蜘蛛学习,从一根线开始——我们就是那些可以被风吹乱的摇晃的蛛网吗？蛇一样的诡异，泉穴涌出的晶体，想起了电影《云图》，它是根据英国1968年出生的小说家大卫·米切尔的小说改编的。这部电影充满了对于生命轮回的追问，爱与生命存在变幻的本源……突然想起2013年上演的这部电影。

想起那些云上的日子，我的生活，与云絮有无法剥离的关系。如果没有万千云图变化，我就寻找不到天与地的辽阔，也许遇到一片云朵，就遇到了我自己的前世。很多时候，只要有云图的地方，我就能找到烟火下的我自己与俗世的亲密接触。晚安，云上的日子！

安静如斯，可说的或不可说的——需要凭借艺术的修为与自己和谐相处。世界太辽阔，我们只是一滴水，只能融入尘埃，才知晓我们的渺茫，就是一只蚁族队伍逃亡的路线。

读书，如能从年少开始，将始终伴随你的命运。纸质书太远了，藏在教室的书桌抽屉里，偏爱汉语，疏离了数理化，疏离了黑板、白粉笔、老师的语言。一个人，如能遇到一本完全改变你命运的书，你的旅途箱子，漫长的摇篮之上，将始终飘忽着一本又一本书，它们是酒窖，是调酒师，是尘埃之上的幻迷夜幕，是触电般的恋情。如能在年少时遇上一本书，你就能在逃亡的时间长旅中，遇到书中打开的魔戒。我十岁开始了阅读，自此以后，书，成为我的蜘蛛侠，我的命运一生都在书中的汉语中沉浮迷离。所以，我自己就是书中的故事和历史。一个人就是一本书。而写书的人，则是魔鬼和天使的赴约！

又感受到了什么在召唤。是词语吗？是诗句吗？它在我心中起伏荡漾——我等一个完美的自由，等一个从不忧伤的节令，等一个阳光灿烂的人降临！

纸上写作，或许是一个人生活中蚕丝般的游离，维系着苍茫的个人时态。她凝视着露台外的蔚蓝，这是最悦目的光泽——这九个笔记本上的写作，终于告一终曲。更虚无的余生，仍需努力接近我内心的语言，它使我接近灰烬的人生，闪现着从冰冷夹缝中移出的一丝丝光亮。

晚安，我们总是在不迷失自我中迷失于明天的明天，词根下的黑暗中有淡淡的烟火味，仿佛又让我走进了某座被遗忘的废弃的城垒——我多么需要那里边的棉絮，裹紧我。

时间太快，我刚睁开眼，就到了夜晚。白天太短太短，一些词语说清楚了树上的春天，另一些词语仍未表达出水中的青苔为什么那么柔软无骨。是的，时间太快，我们沉迷于时间，却总是遗忘了时间的过去。词语下万蚁都在迁徙后失去了踪迹，而我们如何使用时间？如同使用我们的睫毛挡住灰尘，灰尘落下去了，春天降临了。时间太快，我们弄不清是为了追赶时间，还是为了在时间中看见鱼儿在水中嬉戏，天空之城忽而是云朵变幻，忽而有信使之翼拍击出旋律。

需要伟大开阔而又神秘的夜幕，掩饰疼痛悲郁，这从来都是写作者所需要的屏障。人的生命，哪怕是细小的蚁族们都因为在冰凉而自由的夜幕中，放下了逃亡，而获得了短暂的安宁。夜幕很美，很遥远又近在眼前，在这个被无数网线编织的时代，夜幕下，仿佛有许多看不见的幽灵正在转世归来。

> 待到我消失在茫茫夜海波光中
> 才会真正的遇见。我的宇航员
> ——披着波光粼粼，带着我坠入太空

编辑新诗集《抵达之美》……我们总是想努力抵达，那世间万物万灵的隐身地址。其中，我们的身体在其中尝遍着一次次的迷途。抵达，必须出发，必须穿越滚滚热浪和茫茫冰川。

在中间，天气碧云中，必有好天气，舒卷的云梯，这里应该就是天堂。

第四天，《水之赋》完成。在这个燃烧的星球上，我们总是用其生命力寻找水的痕迹。晚安，那些值得我们安于现状的，一定是用来取悦灵魂的。

新一天，仍然爱自己。认真地以爱自己的理由——写作。这是生命中任何人或事无法替代的事情。

《水之赋》空茫无边，犹如我的命浮沉不定，但其中隐藏着不变或巨变的幻象术。写作《水之赋》的第三天，干燥无雨的春天，云南高原的春天——我只是其中一个隐匿的符号，为了你的灵魂而穿上衣服。

夜幕下，众人都已开始沉入梦乡。她站在窗口，这世界有窗口，是为了划分白与黑的分界线。能够在冰冷的墙壁下看见自己影子的人，一定会感受到时间的过去或未来。而现在是一个谜，有待我们以松鼠们掠过树枝的轻盈，闪电带来暴雨的惊叹，迎接每一个从窗户下走来的人。

夜幕笼罩，就听见手指拂过书页的声音。最近渴望读书，又像回到了青年时代，热切地想把一本书读完。能够将写作进行下去，对于我来说意味着日复一日地做好三件事：其一，将写作的习惯纳入日常生活，只要做到了这一点，我就找到了喝水的杯子、洗发液、浴室、晒衣杆、调味品、土豆、萝卜的位置。其二，经受得住日常经验和思想的碰撞，寻找到水浪扑向沙滩时的归属感。同时承受住生命的轻与重的熔炼。其三，读书，在箱子上、枕边、书房中阅读，用心地读，一个漂流瓶中装着咒语，足可以漫游世界。一个坚持读书者，会抵达彼岸，也会开始新一轮的激情或燃烧的生命过程。我曾在诗中写过，伟大的神性都是冰凉的。必须经过火的历程才能渐次尘埃落定。

感觉到要下雨，又吹风了，风，太有幻变力。风卷处，帘子响，云在悄悄地游动，雨到另一个地方去了。我在等，雨滴滑过屋檐，我在等那些错落的笔画，来得及纠正的语境；我在等待，这是一个写作者的命运。是的，命运安排了我，看见了荒凉的电杆下，互联网的丝线，纺织厂的废墟，墨迹处的指纹未干，鸟准备起飞的航线。我在等，一行诗催我入眠，遥远的江河岸上白鹭们栖息的草丛、沟渠。我在等，当我越来越老的那一天，突然遇到的神曲弥漫！晚安！

诗人何为——无论他们在凹陷地还是在高冈上生活，都能弯下腰觅到谷粒，像小鸟样衔起一谷物草浆，再拍起翅膀。他们有缤纷幽香的羽毛，因为拂过青草水浪，诗人每天都在沐浴、鞠躬，再回到苍穹下的小世界。热爱上一个语词，就是一生的命运，用其一生，与灵魂和浩瀚寂寞的荒野相遇，直到将自己湮灭于时间尽头。

小说家何为——他们有叙述时间穿越史的超级魔幻能量，能揭穿命运的黑暗和光芒，面对时空的幻变，他们就像是一只看不见的黑色蜘蛛侠，织出了纤细而巨大的蛛网，让每个凡俗者执其身灵，在蜘蛛侠的迷宫中行走。直到将自己的最后一句话写完，叙述中的故事还在未来史中飘忽不定，没有终曲。

说说自我，黄昏散步，热爱自己，才能独立地爱蓝天色香，一个不爱自己的人，将失去自由者的思虑。我们失去的时间，使我们获得了经验和磨砺。我有另一个自我，它活在语言中，活在那些为语言所激荡跃起又落下的影幻中。我还有另一个自我，与尘埃风俗、凡尘万象亲密相融。因为爱自己，我写下了自己的名字，尽管它只是一粒沙、一阵风、一阵被时光拂过的树叶上的音韵。

关于纸质书，已经成为这个时代最为边缘的区域。反复地与书相遇，重复地买书——我喜欢在城市一隅，意外发现一座小书坊，走进去，许多书早就在书架上了，我仍想从书坊中带走新书。在这个基本上是以郁闷来解构人生的世态中，书从不多余，床上台灯下没有书，简直就会迷离不安；有了书，还必须不断地更换。厌倦也是时代的通病，唯有活在新鲜而又古老的时间中，我们的生命才会享受孤独或神秘的幻境，而这两者都跟书有密切的联系。午安。

说到写作，完全是一个人的生活，它的原始语音来自隔壁，方圆或长短，世上只有几亿人中的极少数人适合于在这个窄小的尺度中，找到通向外引力的门窗。写作，要写出灵魂的宽窄、身体的痛，没有这些东西就看不见灰尘，也看不到从灰尘中长出的植物和生命。写作，说穿了，就是经受得住火与水的熔炼。

说到酒，就是将粮食蜕变成窖藏的魔道，再演变成妖和仙气弥漫的过程。在世俗中生活的众生，心生幻象，看见了酒杯，就想呼吸，用舌尖输送到灵魂的区域。酒的最大功能，就是制造玄幻，具有魔道的酒，可以控制你的身心，让你在酒杯中邀清风明月和知音密友,也可以让你收杯,达到极致的空灵后回到现实。

上次见到王祥夫老师,聊起想写的长篇小说名,请他帮我觅一个书名,最近书名到了,名为《红尘天路》。一个可以写一生一世的长篇小说,一个纯妇女生活的小说,一个可以写尽漫天飞舞滚滚红尘的小说。期待写作,期待时空耗尽我生命中的存在或非存在的,与尘世融入一体的小说,期待这本书的故事是我从未讲过的故事。

修正十万字的小长篇《灵魂伴侣》,里边有几句话是我写出来的吗——我们的忧伤像混沌的泥沙,像盐池中的白色苍茫,没有它们,我们如何熔炼?

这部小长篇手写在九个绘本上,有插图无数,是我写作中的一个小世界,后来又有了电子书。很想出版一本奇书:一面是手写体,另一面是印刷体。

写作的经验在哪里?这雷雨前夕的夜晚,我们成为一个人的存在是感受雨滴敲打玻璃的声音,而作为一个写作者,透过雨滴,能够感受到大自然在雨季的茂盛活力,黝黑的夜幕负载着生命的梦境，草根下的泥土，正在结果的树篱，光热和潮湿的融入，浩瀚和寂寥，都给予我们对于生活的沉迷和忧患，这些都是写作者虚幻和来自现实的经验。每个人写作的一小块版图，就是语言的词根，人性和灵魂们的相遇，必将成为叙述中的时间之谜。雨滴，你是我的一个词，我将面颊伸向窗外，多么清凉啊，这一场等待了很久很久的雨，就像是周游于云南版图上的几十头大象，为我们沉闷的生活带来了，一个巨大的魔幻！

青海玛多县刚刚又地震了，这是黄河源头的县，很久很久很久以前，我和妹妹在当地诗友陪伴下，乘淘金的大篷车来到了这座风沙弥漫的小县城。过去了太长太长的时间，仍然想起荒野中冻死的牦牛，那里的天灰蒙蒙的蓝，黄河源头的水就像我刚完成的这幅画——《地球密码的蓝》。

近期画布面油画。我是时间流程中的匆匆过客，但我同样是置入天地间的一个元素，我的绘画主题，将寻找地球的密码——即存在于我灵魂中的那个世界的局部。

愿世界忽略我的渺小，就像我忽略世界的喧嚣。只有安静的风，拂过面颊，让色彩顿然间变得如此涣散而飘忽不定，这就是我语言中惯有的距离和尺度。

低调一点,尤其是当我们不知道天有多高远,地有多厚,人只是匆匆沙漠之客的时候,请低下头看你的鞋码,看你的皮囊下的时间有多苍茫。人,只有学会谦卑、隐忍,才会练习好自己的技艺。让你闪烁光芒的时刻,不是你的高调,而是你的目光下垂向大地的影子。

让写作重新回到生活中,需要大量的闲时,发呆,孤独,乃至无聊——然后捕获了自己的情绪,就像鱼从清水和浑水中游来了。而且海洋湖泊的鱼姿,形态都不一样。世界上,只有写作者需要一座孤岛,它们泊于海洋,必须有波澜帆船经过。但作家自己却生活在孤岛上,他们附于语言,说出了人类的原罪和善根,同时也揭开了荒谬的内心。写作,仅靠一个人,却生活在苍茫人海中,离开芸芸众生的写作者,无法看见天边的黑暗,任何独立的作家,都需要烟火熏出的泪光,那些饱满的语言,没有经历作家灵魂中的一场场苦役是无法怒放的。

读完了《米兰·昆德拉:一种作家人生》。正如他说:"我们早已明白不再可能推翻这个世界,重塑它,阻挡它不幸向前奔跑。唯有一种可能的抵抗:不要对它太认真。"

我的绘画新作品，谨以此时此刻的心绪，献给亲爱的昆德拉，献给这一代人复杂而又单纯的梦想，蔚蓝色宇宙的神秘召唤。

可以在飞行中陪伴你的一本小书。文字无处不在，需要书籍的人，哪怕是在云图上也能寻找到适合自己阅读的书。我们写书，由此更接近书的某些本质——打开，凡是有诱惑力的文字都是显示我们灵魂需要的世界。

容易得到的东西，只是灰尘，它附着在面颊。容易得到的东西，还有人造物质，假面舞会的幻具，我们使用，走出来后就弃之而去。容易得到的东西，还有谄媚、贿赂与空心人相遇，容易得到的东西还有心灵鸡汤、公众话语。

干燥的云南，需要一场狂风暴雨。太湛蓝的天空，让人忧伤。空中没有雨帘，无法让倾盆大雨淋湿身体。最重要的是空旷的原野，向日葵会不会生长？插秧苗的水田会不会有水？我自己会不会因萎靡而消失？

对你的爱，使我清醒。荒的花园，需要清理萎靡的残枝，技能或艺术，语言和生活的物态和存在——通往时间的白昼或夜幕，我不会让灵魂荒废。当然，在又一轮漫长的日子里，新文体《鸢尾花》的写作，将跃起一个被时代忘却的时间，也会延伸出被智能时代笼罩的新人类的命运。

握住那根魔杖 就能探索

从现在到未来的方向 生命只有

寻找到被甘露洗干净的梦想

才能抵达真正的远方

2019年 海男